¿SINCERA O CAZAFORTUNAS?

KATE HARDY

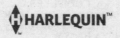

Editado por HARLEQUIN IBÉRICA, S.A.
Núñez de Balboa, 56
28001 Madrid

© 2010 Kate Hardy
© 2014 Harlequin Ibérica, S.A.
¿Sincera o cazafortunas?, n.º 1970 - 2.4.14
Título original: Good Girl or Gold-Digger?
Publicada originalmente por Mills & Boon®, Ltd., Londres.

I.S.B.N.: 978-84-687-4189-5
Depósito legal: M-788-2014
Editor responsable: Luis Pugni
Fotomecánica: M.T. Color & Diseño, S.L. Las Rozas (Madrid)
Impresión en Black print CPI (Barcelona)
Fecha impresion para Argentina: 29.9.14
Distribuidor exclusivo para España: LOGISTA
Distribuidor para México: CODIPLYRSA
Distribuidores para Argentina: interior, BERTRAN, S.A.C. Vélez
Sársfield, 1950. Cap. Fed./ Buenos Aires y Gran Buenos Aires,
VACCARO SÁNCHEZ y Cía, S.A.

Capítulo Uno

Aquello tenía que ser una horrible pesadilla. No podía estar pasando. Imposible.

Daisy cerró los ojos y se pellizcó en el brazo. Al sentir dolor, la desagradable sensación del estómago se intensificó y volvió a abrir los ojos.

Alguien había entrado en el museo del parque de atracciones. Debían de haber sido varias personas bastante borrachas, a juzgar por la gran cantidad de botellas rotas alrededor del tiovivo y los vómitos que había por doquier. Tenían que ser gamberros a la vista de cómo habían cortado las colas de los caballos del tiovivo y pintado con espray escenas obscenas en los laterales. Además, habían lanzado piedras a la cafetería, rompiendo las lunas.

Daisy siempre había sido muy práctica y había podido arreglarlo todo, pero aquello no podía hacerlo, al menos no tan rápido. Iba a ser imposible abrir el parque de atracciones ese día. Iba a tardar días en arreglar aquel desastre y que volviera a ser un lugar seguro para familias y niños.

¿Quién demonios haría una cosa así?

Temblando, Daisy sacó el teléfono móvil y llamó a la policía.

Después llamó a su tío.

–Bill, soy Daisy. Siento llamarte a esta hora y en domingo por la mañana, pero…

Tragó saliva. No sabía qué decir ni cómo darle aquellas terribles noticias.

–Daisy, ¿estás bien? ¿Qué ha pasado?

–Unos vándalos debieron de entrar anoche. No sé cómo.

Estaba segura de que la noche anterior había cerrado bien.

–El caso es que hay muchos cristales rotos y han destrozado el tiovivo –añadió y se mordió el labio–. La policía está en camino. Vamos a tener que cerrar hoy y probablemente mañana también.

Tenía que ocurrir al principio de la temporada. Aquello repercutiría en los presupuestos, ya de por sí escasos. Todo podía arreglarse, pero llevaría su tiempo, y la prima del seguro se dispararía. Por no mencionar la falta de ingresos hasta que el parque de atracciones volviera a estar operativo.

Sin una buena cantidad de visitantes, no habría dinero para llevar a cabo los trabajos de restauración que tenían previstos. La atracción que había conseguido comprar el pasado otoño tendría que pasar otro año más oxidándose, y quizá acabara siendo demasiado tarde para poder arreglarla. Así que en vez de tener en funcionamiento las sillas voladoras que tanto gustarían a los visitantes, acabarían teniendo un montón de chatarra. Un montón de dinero gastado, después de ser ella la que había convencido a Bill para comprarlo. Demasiado, teniendo en cuenta que Bill se retiraría en un par de años y ella ocuparía su puesto. Había gastado un dinero que deberían haber guardado para imprevistos como aquel.

–La policía quiere tomarme declaración, teniendo en cuenta que fui yo la que lo descubrió. Pero también quieren hablar contigo. Lo siento Bill.

–Está bien, cariño. Voy para allá –le aseguró Bill–. Llegaré en veinte minutos.

–Gracias. Pondré carteles avisando de que estaremos cerrados hoy y avisaré a los empleados. Hasta dentro de un rato.

Daisy se guardó el teléfono en el bolsillo y se quedó mirando el tiovivo, la atracción victoriana que su bisabuelo había construido y que aún conservaba el órgano original. Sentía la necesidad de abrazar a cada uno de los caballos mutilados y decirles que todo saldría bien.

Había pasado diez años de su vida ayudando a levantar aquel sitio. Diez años en los que había hecho un curso de ingeniería mecánica, sin dejar de dar explicaciones a sus padres, tutores y demás estudiantes del curso de que estaba haciendo lo adecuado. Muchos habían pensado que no le serviría de nada e incluso Stuart le había hecho elegir entre el parque de atracciones y él.

No lo había considerado un ultimátum. Cualquier hombre que quisiera obligarla a cambiar para que dejase de hacer lo que más le gustaba, no era el hombre adecuado para ella. Sabía que había tomado la decisión correcta al cortar con él. Ahora estaba casado e iba con regularidad al parque de atracciones con sus hijos pequeños.

Curioso que ahora viera lo que antes no veía.

Sus dos siguientes novios habían resultado estar cortados por el mismo patrón, así que había decidido no seguir arriesgándose y concentrarse en el trabajo. Querían hacerla cambiar y convertirla en una respetable señorita en vez de dejarla ser una habilidosa mecánica. Al menos allí era aceptada por ser como era. Los voluntarios de más edad estaban convencidos de que era una digna sucesora de su abuela. Había demostrado que podía escuchar y trabajar duro, y que era buena en su trabajo.

Colocó los carteles en los accesos del parque de atracciones anunciando que el parque de atracciones estaba cerrado. Estaba sentada en su mesa cuando llegaron Bill y Nancy. La expresión de Bill era grave.

–No puedo creerlo –dijo–, me gustaría poner las manos encima del que ha hecho esto y darle un buen escarmiento.

–Yo preferiría atarlos a un poste, untarlos de mermelada y dejarlos para las avispas –dijo Daisy–. O pasarles una apisonadora por encima. ¿Cómo han podido hacerlo? ¿Qué sacan con ello? –preguntó apretando los puños–. No entiendo cómo alguien puede hacer una cosa así.

–Lo sé, cariño –dijo Bill, y la abrazó–. El esfuerzo de todos, para nada.

–Y toda la gente que tenía pensado venir hoy…

Se llevarán una desilusión –dijo, y respiró hondo–. Tal vez debiera llamar a Annie. Ella sabrá cómo dar la noticia en los informativos locales para evitar que se den un paseo en balde.

Su mejor amiga era redactora en un periódico local.

–Buena idea, cariño –dijo Nancy.

–He estado haciendo llamadas para decirle a todo el mundo que no viniera –explicó Daisy–. Me han dicho que en cuanto la policía nos diga que podemos empezar a limpiar, les avise para venir a ayudar.

–Tenemos suerte, contamos con buena gente –dijo Bill–. Llama a Annie y Nancy y yo seguiremos avisando a los voluntarios.

–Pondré agua a hervir –dijo Nancy–. Queda leche en la nevera de la oficina. Nos vendrá bien un café hasta que nos dejen entrar en la cafetería.

Annie apareció con un bizcocho de chocolate y un fotógrafo cuando estaba hablando con la policía.

–El bizcocho para animar y las fotos porque esto probablemente salga en portada. Contigo, por supuesto.

–¿Quieres hacerme fotos a mí? –preguntó Daisy, desconcertada–. ¿Por qué? Quiero decir que la imagen habla por sí misma.

–Ya sabes lo que dicen, que vale más una imagen que mil palabras –comentó Annie–. Eres muy fotogénica y, además, siempre hablas con el corazón en la mano. Todo el mundo se dará cuenta de lo afectada que estás. Tu imagen despertará la compasión de muchos.

—No quiero compasión. Quiero que mi parque de atracciones vuelva a estar como estaba.

—Lo sé, tesoro. La radio y la televisión local informarán de esto. Podrás aprovechar y avisar de que estaréis cerrados el resto de la semana. A la vez, le recordarás a la gente que estás aquí. Con un poco de suerte, tendrás muchos más visitantes que en un fin de semana normal.

Daisy sonrió con tristeza.

—Annie, eso es horrible.

—Es la naturaleza humana –dijo Annie–. ¿Sabes? Aquel policía de allí no te quita ojo. Sonríele.

—¡Annie!

Daisy miró a su amiga sin poder dar crédito. Estaba en apuros y Annie solo pensaba en emparejarla con un hombre.

—Daisy, trabajando aquí apenas conoces a hombres solteros y mucho menos a menores de cincuenta años. ¡Aprovecha! Es muy guapo y no hay ninguna duda de que está interesado.

Daisy resopló.

—Pero a mí no me interesa, gracias.

—¿Te importa si voy a hablar con él?

—Haz lo que quieras siempre y cuando no me organices una cita a ciegas con él. No todo el mundo busca novio, ¿sabes? Annie, sé que eres feliz con Ray, y me alegro mucho por ti, pero estoy bien como estoy. De verdad.

—Bueno, está bien –dijo Annie–. Voy a ir a hablar con ese policía porque necesito información para mi artículo. Y mientras lo hago, el fotógrafo va a hacerte una foto.

–No sé si es una buena idea que mi foto aparezca en el periódico.

–Lo siento, ya lo he hablado con Bill. Dice que eres más guapa que él, así que saldrás tú –dijo sonriendo.

–Eres una periodista muy obstinada.

–Así soy yo –dijo Annie, y le dio un abrazo–. En cuanto la policía nos diga que podemos empezar a limpiar, te ayudaré a recoger los cristales rotos y a quitar la pintura. Llamaré a Ray para que también venga a ayudar.

–Muchas gracias, te debo una –dijo Daisy.

–Desde luego que no. Eso es lo que hacen los amigos. Tú harías lo mismo por mí. ¿Has avisado ya al resto de tu familia?

–No.

Daisy levanto la barbilla. Era perfectamente capaz de organizarse la vida, aunque su familia seguía tratándola como a una niña. Eso le fastidiaba incluso más que su insistencia en que se buscara un trabajo con un buen sueldo, algo para ellos más importante que la satisfacción por lo que hacía. Si los llamaba, por supuesto que acudirían, pero tendría que soportar sus comentarios.

–Bill, Nancy y yo nos las podemos arreglar.

–A veces eres demasiado orgullosa –dijo Annie.

–Mira, los quiero y nos llevamos bien casi siempre, pero no quiero escuchar un discurso o un «ya te lo dije». Así que será mejor mantenerlos al margen de esto.

—Si tú lo dices… Pero ¿no sería mejor que se enteraran por ti en vez de leerlo en las portadas de los periódicos de mañana?

Daisy se dio cuenta de que su mejor amiga tenía razón.

—Está bien. Hablaré con ellos esta noche.

El resto del día transcurrió entre declaraciones y tazas de café a la espera de que los investigadores recogieran pruebas. Para cuando se hizo de noche, habían cubierto con paneles las ventanas de la cafetería, habían recogido los cristales rotos y empezado a limpiar las pintadas.

Pero el lunes por la mañana trajo más malas noticias.

—La compañía de seguros dice que no estamos cubiertos —le dijo Daisy a Bill, sentándose en el extremo de la mesa—. Al parecer, los actos vandálicos quedaron excluidos de nuestra póliza hace tres años. Cambiaron las condiciones de la póliza cuando Derek estuvo enfermo y nadie se dio cuenta.

Derek era el mejor amigo de Bill y su corredor de seguros.

—¿Así que tenemos que asumir los daños?

Ella asintió con gravedad.

—Las lunas cuestan una fortuna —murmuró Bill sacudiendo la cabeza. Si vamos al banco a pedir un crédito, se reirán en nuestra cara.

–Está mi casa –dijo Daisy–, puedo pedir una hipoteca para obtener algo de liquidez.

Había heredado de su abuela una casa adosada.

–Con el sueldo que tienes aquí, no te prestarán ni un céntimo –dijo Bill sacudiendo la cabeza–. Además, no estoy dispuesto a que te endeudes por esto. No, cielo.

–También es mi herencia –señaló Daisy–. Tu abuelo, mi bisabuelo.

Su tío le había dicho muchas veces que era la hija que Nancy y él no habían tenido. Respiró hondo. No había podido dejar de pensar en las palabras de Annie del día anterior. Tal vez su amiga tuviera razón. Había sido algo cruel por su parte avisar a su familia mediante un mensaje de texto y luego apagar el teléfono para que no pudieran dar con ella. No les había dado la oportunidad de ayudar porque no quería escuchar sus comentarios. Pero tal vez había llegado el momento de tragarse el orgullo por el bien del parque de atracciones. Aquello era algo que no podía arreglar sola.

–Podríamos pedir ayuda a papá, a Ben, a Ed y a Mikey. Tienen que aportar algo porque también es de ellos.

–No. Ben tiene una familia en la que pensar, Ed y Mikey tienen hipotecas y tu padre está a punto de retirarse –dijo Bill–. Sus inversiones están en la misma situación que las mías.

Además, estaba el hecho de que la familia de Daisy consideraba el parque de atracciones un capricho de Bill, lo que para ellos era el motivo de que Daisy no tuviera otra profesión. Por eso no le gustaba hablar del tema con ellos.

Bill parecía triste.

–Vamos a tener que buscar un inversor fuera de la familia.

–¿Quién va a querer invertir en un museo de parques de atracciones al borde de la quiebra? –preguntó Daisy.

–El precio de los motores de vapor está disparado –dijo Bill–. Los inversores verán más seguro su dinero aquí que en acciones.

Daisy sacudió la cabeza.

–Los inversores siempre imponen condiciones. Nosotros estamos cuidando de nuestro patrimonio familiar, para ellos es diferente. Querrán obtener ganancias, subirán los precios de las entradas. ¿Qué pasará cuando quieran irse? ¿Cómo conseguiremos el dinero para comprar su parte?

–No lo sé, cielo –contestó desolado–. Podríamos vender el motor de la locomotora de carretera.

Valía una pequeña fortuna. Era el último motor que había hecho Bell y Daisy había dedicado cuatro años a su restauración.

–Por encima de mi cadáver. Tiene que haber otra manera.

–Como no nos toque la lotería o descubramos que existen las hadas madrinas... Lo dudo, cariño. Tendremos que buscar un socio.

–O tal vez un patrocinador –dijo Daisy–. Pondré a hervir la tetera. Tenemos que pensar qué podemos ofrecerle a un patrocinador, haremos una lista de los empresarios locales y nos dividiremos las llamadas. Seamos optimistas.

Felix descolgó el teléfono sin apartar los ojos de la hoja.

—Me alegro de dar contigo, Felix.

Felix suspiró para sus adentros. Le estaba bien empleado, por no mirar la pantalla antes de contestar. Ahora su hermana lo marearía en vez de dejar un mensaje en el contestador.

—Buenos días, Antonia.

—Mamá me ha dicho que vas a escaquearte de la reunión familiar de este fin de semana.

Típico de Antonia, siempre directa al grano.

—Lo siento, no puedo ir. Estoy ocupado con trabajo.

—¡Venga ya! Puedes ir y resolver los asuntos de trabajo por la mañana antes de que los demás se levanten.

Cierto, pero eso no suponía que quisiera hacerlo.

—Mamá está deseando que vayas.

—Será porque habrá encontrado otra mujer con la que emparejarme. Mira, Toni, no tengo ningún interés en casarme. No voy a casarme nunca.

—No trates de convencerme de que no te interesan las mujeres. He visto en las revistas de cotilleos tu foto con cierta actriz colgada del cuello. ¿O vas a decirme que sois solo buenos amigos?

–No, eso fue… –dijo, y apretó los labios, molesto–. Toni, por el amor de Dios, eres mi hermana pequeña. No voy a hablar de mi vida amorosa contigo.

–Más bien de la falta de vida amorosa. Nunca sales con la misma mujer más de tres veces –dijo, y suspiró–. Mamá solo quiere que seas feliz. Es lo que todos queremos.

–Soy feliz.

–Entonces, que madures.

–Tengo un bonito piso en Docklands y una empresa que va muy bien. Para muchos, eso es haber madurado.

–Sabes a lo que me refiero, a tener una relación estable con alguien.

–Soy alérgico a las mujeres con campanas de boda en la mirada. Me gustaría que mamá se olvidara de mí.

–Si no hubieras dejado plantada a la pobre Tabitha, ahora estarías casado y mamá estaría contenta –señaló Antonia.

Quizá, pero quien no sería feliz sería él. Su matrimonio habría sido una pesadilla. Por un momento se preguntó si debería haberle contado a su familia la verdad sobre Tabitha. Habría sido peor porque lo hubieran tratado de víctima y habrían sentido lástima por él. Eso le habría fastidiado aún más que sus constantes intentos por emparejarlo con alguien. Era mejor que pensaran que era un rompecorazones.

Claro que no necesitaba a ninguna mujer. Era

feliz con la vida que llevaba. Tenía un trabajo que le llenaba y salía con mujeres que desde el principio sabían que solo buscaba diversión y no una relación duradera. Nunca más se expondría a una situación como la que había vivido con su exprometida. Nunca arriesgaría su corazón de nuevo.

–Quizá.

–Venga, Felix. No estará tan mal.

Claro que sí. Su madre debía de haberle presentado a todas las rubias de piernas largas de Gloucestershire, porque estaba convencida de que le gustaban las rubias de piernas largas.

Bueno, así era. Pero no quería casarse con ninguna. No quería casarse con nadie.

–Tony, de verdad que estoy ocupado, así que te llamaré luego, ¿de acuerdo?

–Está bien. Pero será mejor que lo hagas o si no te llamaré yo.

–Mensaje recibido. Adiós, cariño.

Colgó el teléfono y se reclinó hacia atrás frunciendo el ceño. Tenía que encontrar una excusa convincente para sus padres. Habría disfrutado del fin de semana en el campo de no haber estado su familia. Le gustaba estar con sus padres y hermanas, incluso con sus cuñados. Pero Sophie Gisbourne había decidido que su único hijo tenía que casarse, por lo que los fines de semana en Cotswolds incluían una fiesta en la casa. Y siempre invitaba a una mujer a la que sentaba a su lado durante la cena.

A veces Felix pensaba que su madre había nacido con doscientos años de retraso. Se le habría dado muy bien organizar casamientos, pero a él le resultaba exasperante. Se fue a la cocina y preparó a dos tazas de café. A la de su secretaria le puso azúcar antes de volver al despacho.

–Aquí tienes, Mina –dijo, y reparó en que parecía triste–. ¿Estás bien? ¿Pasa algo?

–No te preocupes, es una tontería –contestó con lágrimas en los ojos mientras agitaba la mano en el aire.

–Cuéntamelo –dijo, apoyándose en un extremo de la mesa–. ¿Hay alguien enfermo? ¿Necesitas tomarte el día libre?

–No, no es eso. Mi madre me ha mandado esto –dijo, entregándole una hoja de periódico–. Patas arriba el museo de las ferias. Solía llevarme allí cuando era pequeña. Es un lugar realmente mágico –dijo Mina, y apretó los labios–. No puedo creer que un grupo de gamberros lo haya destrozado de esa manera.

Felix se quedó mirando la foto de una mujer sentada en una atracción antigua, con aspecto desolado. Había algo en ella, algo que le hizo desear saber cuál era su aspecto cuando sonreía.

Era una locura. Las decisiones no se tomaban basándose en la fotografía de alguien que no conocía. No era tan temerario. Además, no era su tipo. Parecía que aquel parque de atracciones necesitaba un rescate.

Ir a conocer aquel sitio el fin de semana sería la excusa perfecta para evitar a la última mujer escogida por su madre sin herir sus sentimientos.

Capítulo Dos

–Bueno, aquí estamos –dijo Bill sonriendo–. Al menos, aquí estoy yo. Quisiera que conociera a mi segunda.

Daisy Bell, la mujer que aparecía en la foto según el artículo. Subdirectora del parque de atracciones.

Felix estaba sorprendido de que tuviera tantas ganas de conocerla. Podía estar casada o tener pareja. Pero su rostro había invadido sus sueños durante la última semana y el corazón se le aceleraba ante la idea de conocerla.

–Se suponía que debía estar aquí, pero se le ha debido de olvidar –dijo Bill.

¿Cómo demonios se había olvidado de una reunión que podía significar la salida de la quiebra? Aquello no encajaba con el aspecto desolado de la mujer del periódico. ¿O había sido un montaje para llamar la atención y que los tontos corrieran en manada a protegerla e invertir en el parque de atracciones?

No, estaba dejando que el pasado se interpusiera. William Bell parecía un hombre sincero. Daisy aparecía en la foto con unos pantalones y una sencilla camisa, no con un vestido vaporoso y unos tacones de vértigo. No parecía una mujer frívola como Tabitha. Solo porque Daisy fuera menuda y morena, como su exprometida, no significaba que fuera superficial y mentirosa como ella.

A Felix se le daba bien deshacerse de lo inútil y dar a las personas capaces la oportunidad de demostrar su valía. Si invertía en el museo y Daisy resultaba ser un estorbo, le diría que se fuera, por muy guapa que fuera.

—Será mejor que vayamos a buscarla al taller. Así le podré enseñar esto —dijo Bill.

Felix se llevó una sorpresa al llegar a una nave con el techo de chapa ondulada. ¿Qué estaba haciendo Daisy en el taller, charlar con el mecánico mientras se suponía que debía estar trabajando?

Cuando Bill abrió la puerta, Felix oyó que alguien cantaba. Era una voz femenina entonando una alegre melodía.

—Lo que pensaba —dijo Bill con una sonrisa irónica—. Está concentrada en el trabajo y ha perdido la noción del tiempo.

—¿No le he contado que es la mecánico jefe además de mi número dos?

—No —dijo Felix—. ¿Mecánico?

No lo había leído en la página web ni tampoco en el artículo.

—Le daré un consejo. Es muy susceptible a la discriminación sexista y una dura oponente —dijo Bill—. Es muy tenaz. Es la consecuencia de ser la pequeña y única chica de cuatro hermanos.

—Claro.

Felix volvió a dibujar la imagen mental que tenía de Daisy. Mecánico y susceptible. Para él, eso suponía una mujer musculosa, de pelo corto y con un tatuaje o un pendiente en la nariz. Pero la mujer que había visto en la foto no tenía ese aspecto. No llevaba falda, y tenía el pelo apartado de la cara, pero su aspecto no era de marimacho. Algo se le estaba escapando, pero ¿qué?

Al entrar en la nave, vio unos pies asomando por debajo de un motor, con unas zapatillas moradas. En cada una de ellas había una margarita pintada.

La imagen mental volvió a cambiar. Se imaginaba a su madre describiéndola como una mujer no apropiada.

Por el amor de Dios, ya era mayor para rebelarse contra sus padres. Tenía treinta y cuatro años y no catorce.

Con aquel calzado tan inusual, Daisy Bell sería igualmente una mujer inusual. Era la primera mujer que lo intrigaba en mucho tiempo.

Había un gato acurrucado encima del motor.

—Dile que tiene visita, chico —dijo Bill.

Para sorpresa de Felix, el gato se bajó.

Un par de segundos más tarde, se oyó un golpe seco seguido de un quejido.

—Daisy, son más de las diez y media —dijo Bill.

—Oh, vaya. Dime que todavía no ha llegado y que tengo tiempo de lavarme.

Se oyó el sonido de algo rodando en el hormigón y una mujer apareció de debajo del motor.

Era la mujer de la fotografía.

Llevaba un gorra que le cubría todo el pelo, un mono sucio y nada favorecedor, y tenía las manos y la cara llenas de grasa. Parecía más joven de lo que había imaginado, aunque el artículo del periódico no mencionaba su edad. Debía de tener veintitantos años, demasiado joven e inexperta como para ser la segunda al mando de aquello.

Apenas mediría un metro sesenta. No era rubia ni tenía largas piernas. Era completamente diferente a su tipo. Pero en cuanto Felix reparó en sus ojos verdeazulados, sintió que se saltaba una chispa entre ellos.

—De hecho —dijo Bill—, ha llegado pronto. Felix, esta es mi sobrina, jefe de los mecánicos y la subdirectora de esto, Daisy Bell. Daisy, él es Felix Gisbourne.

Daisy se limpió las manos en un trapo y se las miró, consciente de que seguían sucias.

—Lo siento —dijo sonriendo—. No quiero mancharlo de grasa. Dese por saludado.

—Claro —dijo Felix, inclinando la cabeza.

No era como Daisy se lo había imaginado. Esperaba encontrarse con alguien de cincuenta años, no alguien de unos treinta.

Era el hombre más guapo que había visto jamás. Alto, moreno, de piel clara, ojos grises y con una boca que destilaba sensualidad. Podría hacerse rico como modelo.

Quizá lo había sido. Vestía muy bien. El traje que llevaba parecía hecho a medida. Lo acompañaba con una camisa blanca, una corbata sobria y unos zapatos que Daisy adivinaba italianos y hechos a mano. Su atuendo debía de costar más de lo que lo que ella ganaba al mes.

El aspecto era inmaculado. Iba perfectamente arreglado y afeitado, y los zapatos estaban lustrosos. Para aquel hombre, el aspecto importaba. Era la clase de hombre, pensó sonriendo para sus adentros, al que le gustaría que la mujer con la que se estuviera llevara vestidos de marca y pasara horas en la peluquería. Esas cosas no iban con ella. Volvió a considerar la idea de que Felix se convirtiera en inversor del parque de atracciones. Era imposible que un hombre que vistiera de aquella manera pudiera estar interesado. Aunque insistiera en ser algo más que un socio capitalista en Bell´s, no funcionaría.

–¿Estás bien? –preguntó Bill.

–Si. Me he dado en la cabeza después de que Titan me lamiera la oreja.

Felix se quedó mirándola, como si se sintiera trasladado a un extraño mundo paralelo.

–¿El gato te ha lamido la oreja?

–Significa que tiene hambre o que alguien me está buscando –explicó Daisy–. Cuando estoy revisando los motores, no siempre me entero de que llega gente, así que le mandan a buscarme.

–Daisy, ¿te importaría enseñarle todo esto a Felix por mí?

–Desde luego.

Miró a su tío, entornando ligeramente los ojos.

No tenía buen aspecto. Hablaría con Nancy y averiguaría si tenía algún problema de salud. Tal vez fuera solo la preocupación por el parque de atracciones. Ella tampoco había dormido bien las últimas noches.

Tenía que causarle a Felix una buena impresión al enseñarle las instalaciones porque no quería fallarle a su tío, ni a los empleados y voluntarios que llevaban años con ellos. Si hacía falta encandilarlo, lo encandilaría como si le fuera el oro olímpico en ello.

–Volveré a la oficina con el señor Gisbourne cuando acabemos.

–Gracias, cariño –dijo su tío sonriendo.

Cuando Bill salió del taller, Daisy se giró hacia Felix.

–¿Qué le gustaría ver primero, señor Gisbourne?

–Llámame Felix. No me gustan las formalidades.

–¿Con ese traje?

Se llevó la mano a la boca nada más hacer aquella pregunta. Pues sí que empezaba bien su intento de encandilar a aquel hombre. ¿Por qué había tenido que abrir la boca?

–Lo siento, olvídalo por favor.

–Está bien. Enséñame esto y explícame lo que estoy viendo –dijo Felix.

–De acuerdo. Para empezar, en este museo usamos piezas originales que funcionan y no réplicas. Creemos que es preferible usarlas en vez de dejar que se estropeen en una vitrina. Queremos que la gente disfrute como se ha venido haciendo en los últimos cien años. Queremos que conozcan la experiencia de subirse en atracciones antiguas.

–¿Tenéis atracciones de más de un siglo? –preguntó sorprendido.

–Sí. El tiovivo es de 1895. Supongo que lo habrás leído en el periódico.

–¿Se sabe quién hizo el destrozo?

–Todavía no. Cuando los pillen, me gustaría que me los dejaran una semana –dijo Daisy.

–¿Para darles una lección?

–Depende de lo que entiendas por lección. Admito que me enfadé mucho cuando vi lo que habían hecho. Pero cuando me tranquilicé, me di cuenta de que si disfrutaban destrozando las cosas, lo más probable es que nadie les haya enseñado a respetar y valorar las cosas. Si trabajaran para mí, reconducirían su energía y tal vez descubrieran que tienen talento para algo. Así aprenderían a respetarse a sí mismos y ese sería el primer paso para respetar a los demás.

–¿Los dejarías ir sin castigo? –preguntó Felix.

–Encerrar a unos chicos en la cárcel no solucionaría el problema. Si no encuentran una vía para liberar su energía, estarán más resentidos y volverán a hacer lo mismo en cuanto salgan. Enséñales cosas que les interesen. No destrozarán algo a lo que han dedicado tiempo en hacer; querrán protegerlo.

Él asintió.

–Así que buscas el lado bueno de las cosas.

Felix pronunció aquellas palabras con gesto impasible. ¿Le parecía algo malo? Quizá lo fuera, desde el punto de vista de los negocios.

–Mira, no soy tan inocente como para ver las cosas a través de un cristal de color rosa. Pero ver el lado bueno es más sano que creer que todo el mundo pretende sacar algo.

–Cierto.

–Todo el mundo tiene un lado bueno y un lado malo. El truco es maximizar lo bueno y minimizar lo malo –dijo, y se detuvo, consciente de que se estaba dejando llevar–. En cualquier caso, no has venido aquí para escuchar mis discursos. Quieres ver lo que tenemos aquí.

Le fue enseñando las atracciones, contándole la historia de cada una.

–Todas las anteriores a 1935 fueron construidas por la empresa de nuestra familia. No pude evitar comprar los coches de choque de 1950 cuando tuvimos la oportunidad.

Felix hizo muchas preguntas mientras hacían el recorrido, cada una más crítica que la anterior. Cuando llegaron a la última atracción, la de la góndola antigua, la favorita de Daisy, ya estaba harta de sus críticas y su intención de encandilarlo había desaparecido. Se quedó mirándolo con los brazos cruzados.

–Parece que tienes problemas con todo lo que te he contado y me da la impresión de que crees que Bill y yo somos unos aprendices. Permíteme que te diga que lleva dirigiendo este sitio casi treinta años. Hace un gran trabajo y lo estás juzgando injustamente.

—Estoy analizando el negocio. Es a lo que me dedico y se me da bien —contestó Felix sin inmutarse.

—Pues esto es lo que nosotros hacemos y se nos da bien —dijo Daisy levantando la barbilla.

Deseó ser más alta y corpulenta. Tal vez de esa manera la tomara en serio.

—Puede que seas una gran mecánico y que sepas todo lo relacionado con las atracciones y su historia, pero tu sentido de los negocios deja mucho que desear, al igual que el de Bill. Hay muchas maneras en las que podríais estar ganando dinero y no lo estáis aprovechando. No estáis usando los activos al máximo. Por eso no tenéis dinero para imprevistos. Vuestro márgenes son muy justos.

—Esto es patrimonio cultural, señor Gisbourne —dijo ella con frialdad.

—Felix —la corrigió.

Daisy evitó repetir su nombre de pila.

—El fin de este lugar, señor Gisbourne, es hacer que nuestro legado sea accesible a la gente. Quedan muy pocas atracciones como estas y menos aún que funcionen. Algunas de esas las hemos recuperado y restaurado.

—Sin dinero para gestionar este sitio, va a ser imposible que sea accesible a la gente o que podáis afrontar los gastos de restauración. Os iréis a pique, por lo que tenéis que ceder.

–Por eso estamos buscando patrocinador.

Esa era la razón por la que había ido a verlos, ¿no? Para estudiar lo que podían ofrecerle y lo que él podía ofrecerles a ellos.

–¿No eres una mujer que ceda fácilmente, ¿verdad?

Daisy pensó en sus exnovios y en cómo los tres últimos habían intentado hacerla cambiar. Si un hombre no podía aceptarla como era y pretendía convertirla en una persona diferente, entonces no le interesaba. Y lo mismo le ocurría en los negocios. Si la inversión de Felix iba a suponer un cambio en Bell´s, entonces no estaba interesada. Estaba dispuesta a buscar un trabajo a tiempo parcial. Así, contaría con más liquidez hasta que encontraran un patrocinador que comprendiera lo que el parque de atracciones era para ellos.

–Me alegro de que te hayas dado cuenta –dijo levantando la barbilla–. Y no te dejes engañar por mi nombre. No soy una florecilla delicada.

–Daisy, cena esta noche conmigo en mi hotel.

Parecía una orden más que una invitación. ¿Por qué quería cenar con ella? ¿Estaría coqueteando?

–Será una cena de trabajo –aclaró él.

Sintió que se sonrojaba. Era evidente que había adivinado sus pensamientos. Por supuesto que él nunca coquetearía con ella. Los hombres como Felix Gisbourne salían con mujeres glamurosas de tacones altos, uñas pintadas y peinados caros. Nunca le interesaría alguien como ella.

Además, él único interés que tenía en él era

como inversor. No podía ser de otra manera. El parque de atracciones era demasiado importante.

–Claro. Creo que Bill está libre también.

–Lo cierto es que pensaba que fuéramos solos tú y yo. Si has sido su número dos todo el tiempo que dice, sabrás contestar a mis preguntas y no tendré que apartarlo de su familia.

Otra suposición: que no tenía a nadie de quien apartarla. De nuevo, estaba en lo cierto, así que no tenia sentido discutir. No tenía planes de pasar la noche con otro que no fuera Titan.

–Por cierto –añadió él–, el hotel no es sitio para ir en vaqueros o mono de trabajo.

Por un momento pensó mandarle a paseo, pero se acordó de Bill y de la gente cuyos empleos dependían de ellos, y se obligó a controlarse.

–Dime dónde y a qué hora.

–A las siete.

Le dijo el nombre del hotel. Estaba a unos ocho kilómetros, en la costa, y era el más lujoso de la zona. El restaurante tenía dos estrellas Michelin. Estaba lejos para ir en bicicleta, así que pediría un taxi.

–Está bien –dijo ella con frialdad–. Nos veremos a las siete.

Su sonrisa le provocó una extraña sensación en el estómago. Aquello no estaba bien. Tenía que ignorar la atracción que sentía. Aunque no hubiera un acuerdo empresarial de por medio, eran demasiado diferentes como para que algo entre ellos funcionara.

27

—Esperaré ansioso —dijo a modo de despedida, seguido de otra de sus devastadoras sonrisas—. Iré a buscar a Bill.

—Te acompañaré.

—Estás ocupada. No quisiera distraerte.

Demasiado tarde. Ya la había distraído.

—*A bientôt* —dijo él—. A las siete. No llegues tarde.

Daisy volvió al taller y sacó su teléfono móvil. Buscó en la agenda el número de su cuñada, deseando hablar con Alexis.

—¿Lexy? Soy Daisy —dijo aliviada de que no saltase el contestador—. Necesito tu ayuda.

—Claro, ¿qué ocurre?

Antes de tener hijos, Alexis Bell había sido estilista, y de las mejores.

—Necesito mejorar mi aspecto. Y lo necesito ya mismo.

—¿Cómo dices? ¿Estoy alucinando o has estado bebiendo?

—Ninguna de las dos cosas —dijo Daisy, y le explicó lo que pasaba.

—¿Que te ha dicho qué?

Daisy lo repitió.

—¿Cuándo has quedado con él?

—A las siete.

—Ven aquí antes de las cinco y media y veremos qué podemos hacer.

—Gracias, Lexy. Te debo una.

Daisy se esforzó por concentrarse en el trabajo

el resto del día. A las diez menos cinco tomó su bicicleta, con Titan en la cesta delantera, y pedaleó hasta su casa. Dio de comer al gato, se puso ropa limpia y compró unas flores para Alexis de camino a casa. Se alegraba de que su hermano favorito se hubiera quedado a vivir cerca.

Alexis la saludó con un abrazo.

–Son preciosas, pero no tenías por qué traerme flores. Voy a disfrutar poniéndote guapa. ¿Adónde vas a ir?

Daisy dijo el nombre del hotel y Alexis soltó un silbido.

–Vaya. Ve a ducharte y lávate el pelo –le ordenó Alexis–. Yo me ocuparé del resto. Por suerte, tenemos la misma talla –dijo sonriendo.

–No sabes cuánto te lo agradezco.

–Si tan agradecida estás –dijo Alexis mientras le secaba el pelo–, deberías dejar que hiciera esto más a menudo.

–Sería una pérdida de tiempo, total, para estar trabajando en el parque de atracciones.

–Cuando ejerces como mecánico sí, pero no cuando estás dando charlas a escolares. Pero ya hablaremos de eso más tarde y de lo mal que le sentó a Ben lo de la semana pasada. Si le hubieras llamado, sabes que habría ido inmediatamente a ayudarte.

Daisy se revolvió incómoda.

–Lo siento.

–Eres demasiado orgullosa. Y apuesto a que Annie te pidió que lo llamaras.

–Sí –dijo Daisy, y suspiró–. Da por hecho que soy una mujer malvada y que no merezco tu ayuda. Pero por favor, déjame presentable para esta noche.

Alexis la abrazó.

–No eres tan horrible. Te quiero y Ben también. Sé que no está de acuerdo con tu profesión, pero lo empieza a aceptar. Te habría ayudado si le hubieras dado la oportunidad.

–Y que me trate como a una niña.

–Cariño, eres su hermana pequeña. Le gusta ir de hermano mayor protector y eso no va a cambiar. Pero, por si te hace sentir mejor, reconoce que se te da mejor que a él arreglar las cosas. Sé que a ti no te lo dice, así son los hombres. Ahora estate quieta y cierra los ojos.

A la vista de la variedad de cosméticos que había en la mesa, Daisy empezó a ponerse nerviosa. Pero se quedó quieta y dejó que acabara de maquillarla y peinarla. Después, se puso un vestido y unos zapatos de tacón bajo de Alexis, antes de que su cuñada le explicara cómo caminar como una modelo sobre la pasarela.

–Ahora puedes mirarte al espejo –dijo Alexis.

Daisy apenas se reconoció en aquella mujer menuda con curvas y cuyo cabello caía en ondas.

–¿De veras soy yo? –dijo sorprendida–. Caramba, Lexy. Se te da mejor de lo que pensaba. Muchas gracias.

En aquel momento, la puerta se abrió. Ben la observó con detenimiento.

–¿Quién es usted y qué le ha hecho a mi hermana?

–Ja, ja.

Daisy lo miró con el ceño fruncido.

–Daisy, estás increíble. Para que te pongas un vestido y dejes que Lexy te maquille, ese hombre tiene que ser especial.

–No es una cita –dijo Daisy entre dientes.

–¿Vestida así? No me lo creo.

–Bueno, sí, pero es un asunto de negocios, así que no se te ocurra decirle una palabra a mamá.

Riendo, Ben levantó las manos, dándose por rendido.

–Bueno, tengo que irme a casa y pedir un taxi.

–No puedes volver en bicicleta con ese vestido –dijo mirando a su esposa y luego a Daisy–. Meteré la bicicleta en el maletero del coche y te llevaré.

–Puedo arreglármelas –dijo Daisy orgullosa.

–Lo sé, pero no hace falta.

–Odio que me trates como a un bebé.

–Eres mi hermana pequeña. Está bien, lo sé. ¿De qué va todo este asunto?

Daisy se lo contó.

–¿Estás segura? Porque si ese hombre cree que eres parte del acuerdo…

–No lo cree –le cortó–. Y no hace falta que me cuides, Ben. Ya soy mayorcita –dijo, y le dio un beso en la mejilla–. Aunque te agradezco que te preocupes por mí.

–Vaya –dijo sintiéndose azorado–. ¿Por qué no te llevas el MG?

–¿Te fías de mí como para dejarme tu coche?

Sabía lo mucho que su hermano apreciaba aquel coche clásico.

–Claro. Sabes lo que hay debajo del capó y lo tratarás como merece.

Daisy se tragó el nudo de la garganta. ¿Acaso era la manera en que Ben le estaba diciendo que la consideraba un adulto?

–Gracias, Ben, te quiero.

–Te revolvería el pelo, pero entonces Lexy me mataría. Impresiónalo y si se pasa de la raya…

–Le diré que mi hermano favorito es más fuerte y que se las tendrá que ver con él –dijo, y se despidió con un abrazo, antes de hacer lo mismo con Alexis–. Hasta luego. Y gracias por el apoyo. Sois maravillosos.

Fue en coche a la costa. Ben tenía razón. Conducir el MG la hacía sentirse poderosa, pero a la vez tenía un nudo en el estómago. No solo por lo mucho que dependía de aquella noche, sino también por la idea de encontrarse con Felix.

Lo peor era que estaba deseando verlo. Debía concentrarse en los negocios, a pesar de que Felix Gisbourne tuviera unos labios sensuales dignos de ser acariciados antes de besarlos.

Aparcó y entró en la recepción del hotel cinco minutos antes de las siete, recordando los consejos de Alexis sobre cómo caminar.

–El señor Gisbourne me está esperando –dijo.

–Espere un momento, por favor.

Sentía mariposas en el estómago. ¿Parecería demasiado ansiosa por haber llegado pronto?

Se abrieron las puertas del ascensor y apareció. Llevaba un traje gris oscuro acompañado de una camisa blanca inmaculada y una corbata de seda. Las mariposas del estómago revolotearon victoriosas cuando lo vio fijarse en ella y quedarse boquiabierto.

Tratando de mostrarse tranquila y segura, se puso de pie y caminó contoneándose hacia él.

Era imposible que aquella Venus del vestíbulo del hotel fuera Daisy Bell.

Felix tuvo que fijarse dos y tres veces. Pero se acercaba hacia él y se dio cuenta de que de verdad era ella.

Nunca habría adivinado que estaría tan guapa. La melena castaña le caía en suaves ondas por los hombros. El pequeño vestido negro era recatado y discreto, pero dejaba adivinar sus curvas. Si llevara guantes al codo y un sombrero amplio, sería la viva imagen de Audrey Hepburn.

Daisy Bell era preciosa. No se parecía en nada a las mujeres con las que solía salir y menos aún a las mujeres con las que su madre se empeñaba en emparejarlo. Era pura energía, combinada con una gran agudeza y picardía, dentro de un cuerpo que hacía que sus hormonas se dispararan.

No recordaba la última vez que había sentido una atracción tan fuerte. El deseo era tan intenso que se sentía desconcertado.

–Dijiste que nada de vaqueros ni de monos de trabajo. Supongo que esto está bien, ¿no?

Felix despegó la lengua del cielo de la boca.

–Discúlpame. No pretendía molestarte. Simplemente quería que supieras que había un código de vestuario y no quería que te sintieras incómoda si… –se detuvo y sonrió–. Bill me advirtió de que eras sensible a la discriminación sexista y que eras una oponente muy dura. Estás muy guapa.

Sus palabras la pillaron por sorpresa y se sonrojó. Aquello le provocó a Felix toda clase de pensamientos que no tenía intención de compartir. También se sintió intrigado. No parecía acostumbrada a los halagos. Era extraño. Daisy Bell era muy atractiva cuando no se ocultaba bajo el mono de mecánico, y seguramente muchos hombres ya se lo habían dicho.

La expresión de sus ojos le decía que la atracción era mutua, aunque estaba bastante seguro de que no se parecía a los hombres con los que normalmente salía.

No había ninguna duda de la atracción que había entre ellos. ¿Qué podían hacer?

Mezclar negocios con placer era un error que nunca cometía. Pero con Daisy Bell se sentía tentado a romper las reglas. Se sentía tentado a tomar un mechón de su pelo entre los dedos para comprobar si era tan suave como parecía. Quería besarla y descubrir si sus ojos verdeazulados se tornaban del color del jade cuando estaba excitada.

Lo miró a los labios y él supo por su expresión

que estaba pensando exactamente lo mismo. Estaba considerando cómo sería, cuál sería su sabor, qué química habría entre ellos...

Tenía que volver a mostrarse profesional. Le ofreció su mano.

–Gracias por quedar conmigo esta noche. Vamos a cenar y hablemos de negocios.

Daisy dejó que Felix la tomara de la mano y sintió como si la sangre empezara a hervirle en las venas. Sabía que a él le pasaba lo mismo por el color de sus mejillas. Se había sonrojado al decirle aquel cumplido. Había visto en sus ojos que era sincero y no solo una frase hecha para engatusarla.

¿Qué estaba pasando? Ella nunca se comportaba de aquella manera.

Una parte de ella deseaba salir corriendo y volver a la seguridad de su mono de trabajo y del taller. Pero otra parte estaba intrigada con la posibilidad de poder reducir a aquel hombre rápido e inteligente a un puñado de hormonas. Solo con imaginar que...

No, aquello eran negocios. No podía dejar que el sexo se interpusiera en lo más importante de su vida: salvar el parque de atracciones. Era demasiado arriesgado.

Respiró hondo y dejó que la guiara hasta el comedor. El camarero los acompañó a su mesa y Felix le sujetó la silla. Sus modales eran tan perfectos como su cuerpo.

–Gracias –dijo educadamente.

Él inclinó ligeramente la cabeza.

–Un placer.

Todas las mujeres que había allí estaban mirándolo, pero eso no parecía incomodarlo. Tal vez no se había dado cuenta o ya estaba acostumbrado.

–¿Quieres vino tinto o blanco? –preguntó él mientras leía la carta de vinos.

–Prefiero no tomar vino, gracias, tengo que conducir, pero no te prives por mí.

–Entonces, tomaré agua –dijo él sonriendo.

Felix le dio la orden al camarero y siguió leyendo el menú.

–Estoy indeciso entre el cordero y el salmón.

Convencida de que el comentario iba con segundas, Daisy lo miró por encima de la carta.

–¿Crees que tendrán recipientes para las sobras?

–Las porciones no son tan grandes. Pero si no puedes acabar el plato, podemos pedirlo.

¿La estaba tomando en serio?

–Señor Gisbourne, está muy lento esta noche.

–Muy divertido –dijo y bajó la mirada al collar que llevaba Daisy–. Estaba distraído porque alguien se ha puesto lapislázuli donde me gustaría besarla.

De repente, Daisy fue la que se distrajo imaginándolo. Los labios de Felix eran espléndidos, bien definidos y con unas pequeñas arrugas a los lados que evidenciaban lo mucho que debía reírse. No pudo evitar imaginarse sentirlos en la base de su cuello.

Acababa de decir algo increíblemente sugerente, pero no se lo imaginaba haciendo esos comentarios a una mujer nada más conocerla. Más bien, tenía la impresión de que, sin darse cuenta había pensado en voz alta.

–¿De veras crees que soy una de esas mujeres que se llena con una hoja de lechuga?

–¿Lo eres? –preguntó él arqueando una ceja.

–Tengo pensado pedir tres platos y pasteles con el café, y disfrutar cada bocado. ¿Qué sentido tiene venir a un restaurante famoso por su buena comida si no vas a disfrutar degustándola?

–Una mujer como me gusta. Bien.

Tenían algo en común, eso era bueno. Para los negocios, se recordó ella.

Cuando el camarero les llevó el agua, Daisy pidió espárragos con salsa holandesa, salmón y un trío de púdines.

–¿Así que vas a probar varios platos? –preguntó él después de darle la comanda al camarero.

–Por supuesto.

Él sonrió.

–Cuéntame: ¿cómo es que tu gato cree que es un perro?

–Era un pequeño gatito cuando hace dos años entró en el taller y se acurrucó junto a un motor.

–¿Pequeño?

–Por aquel entonces, sí. Cuando paré para comer, vino y se sentó en mi regazo. Luego se subió a mi hombro y maulló junto a mi oreja hasta que le di un trozo de salmón de la ensalada. Puse carteles por la zona y me lo llevé a casa a la espera de que alguien lo reclamara. Pero como no lo hizo nadie, me lo quedé. Le pusimos de nombre Titan porque era muy pequeño, pero al final creció y cumplió con su nombre.

–Y se convirtió en tu gato guardián.

–Así es. Levántame la voz y tendrás ante ti un gato bufando y con la espalda arqueada dispuesto a clavarte las garras.

Felix rio.

–Así que es cierto que cree que es un perro.

–Sí, pero me hace mucha compañía. Me alegro de que se quedara conmigo. ¿Tienes mascotas?

Felix sacudió la cabeza.

–Mis padres tienen perros. Pero yo viajo demasiado y no sería justo.

Así que no permanecía mucho tiempo en el mismo lugar. Era una advertencia y tomó nota de ella.

Antes de que pudiera decir nada, el camarero apareció con los primeros platos.

Felix miró el plato de ella con interés.

–Ahora entiendo por qué has pedido eso. Es un asunto de ingeniería, ¿verdad?

Ella lo miró sorprendida y asintió. ¿De verdad se había dado cuenta? Los hombres con los que había salido en el pasado habrían pensado que era su manera de flirtear con ellos.

De nuevo, tuvo que recordarse que aquello no era una cita.

–¿Cómo se come? –preguntó él.

–Abres el huevo por arriba, le añades un poco

de mantequilla con la cuchara y un poco de vinagre, metes el espárrago en la yema y lo mezclas. Así –dijo haciéndole la demostración.

Después de chupar la salsa de la punta del espárrago, lo miró y advirtió que las pupilas se le habían dilatado y sus labios se habían abierto ligeramente.

No pretendía seducirlo, al menos no intencionadamente. Pero al ver su reacción, se le despertó la imaginación. Aquel era el hombre al que se imaginaba besándola en el cuello. Era una imagen que no podía borrar. Tal vez se merecía tener su propia fantasía. Mantuvo el contacto visual, volvió a mojar el espárrago y se tomó su tiempo para chupar la salsa.

Cuando terminó de comerse el primer espárrago, Felix estaba a punto de hiperventilar.

–Lo has hecho a posta, ¿verdad? –preguntó él.

Se quedó pensativa y luego sonrió con picardía.

–Sí, aunque siendo sinceros, tú has empezado.

–¿Cómo?

–¿Recuerdas lo que dijiste de esto? –preguntó ella acariciando el collar que llevaba.

–¿Dije eso en voz alta? Lo siento.

Así que no había querido decirlo. El hecho de que lo hubiera trastornado hasta el punto de hacerle bajar la guardia, le hizo sentir una agradable sensación.

–No pasa nada –dijo, y añadió con franqueza–. Yo no debería haber coqueteado contigo. No es justo para tu pareja.

–No tengo pareja. Y yo tampoco pretendía flirtear contigo. No es justo para la tuya.

Ella respiró hondo.

–Tampoco tengo pareja –dijo ella, y por si acaso le hacía pensar que aquello era un ofrecimiento, añadió:– No tengo tiempo con el trabajo. Perdóname por provocarte. Era mi manera de vengarme con el primer plato.

Él esbozó aquella sonrisa tan atractiva.

–Pensé que las venganzas eran dulces.

–Ah, no. El pudin es otra cosa. Tal vez esté dispuesta a compartirlo contigo si me das a probar tu mousse de limón.

Él sonrió. Al borde de sus bonitos ojos se dibujaron unas finas líneas.

Cuando estaba relajado como en aquel momento, parecía más accesible.

Tenía que dejar de pensar así porque estaba fuera de su alcance.

–Me gustas, Daisy Bell –dijo–. Me gusta tu estilo, pero creo que no voy a poder mirarte hasta que acabes los espárragos.

–Prueba un poco. Están muy buenos.

Él negó con la cabeza.

–No, gracias. Pero ayúdame a olvidar lo que acabas de hacer y cuéntame cómo se fundó el museo.

Capítulo Tres

Era un tema de conversación seguro con el que era imposible acabar coqueteando con él. Aliviada, Daisy empezó la explicación.

–Mi tatarabuelo era ingeniero en la industria textil, pero sabía cómo funcionaban los motores de vapor de las atracciones de las ferias. Cuando mi bisabuelo, el que hizo el tiovivo, se hizo cargo, Bell ya era un nombre conocido en el mundo del entretenimiento.

–¿Así que el museo lo conforman piezas de tu familia?

–El gusto por las atracciones cambió con los años, así que mi abuelo decidió cerrar el negocio. Pero la familia de mi abuela era feriante y guardó algunas de las máquinas. Bill se hizo cargo y amplió la colección. Hubo un momento en que las atracciones se podían comprar muy baratas. A veces lo único que teníamos que hacer era recoger las piezas y restaurarlas. Pero en los últimos años los motores de vapor se han convertido en piezas de coleccionista. Si tuviéramos que comprar las máquinas ahora, no podríamos permitírnoslo.

–¿Tu padre también es ingeniero? –preguntó Felix.

–Diseña ascensores industriales, bueno, es lo que ha hecho hasta ahora. Está a punto de jubilarse. Piensa que el parque de atracciones es algo divertido, pero no ve futuro en ello.

Además de considerar que su hija estaba desperdiciando su talento cuando podía hacer carrera en el mundo de la ingeniería.

–¿Y los hijos de Bill?

Daisy se mordió el labio.

–Bill y Nancy no pudieron tener hijos. Es una lástima, habrían sido unos padres magníficos.

–Tengo la impresión de que Bill te considera como una hija.

–Vemos las cosas del mismo modo –dijo asintiendo.

–¿Les interesa el parque de atracciones a tus hermanos?

–¿Cómo sabes que tengo hermanos? –preguntó ella frunciendo el ceño.

–Bill me contó que eras la menor de cuatro hermanos.

–Ellos también son ingenieros, pero ven las cosas como mi padre. Ed construye edificios, Ben diseña coches y Mikey trabaja en sistemas de irrigación –dijo, y suspiró–. Al ser la hija tan deseada, mi madre se llevó una gran decepción conmigo. Nunca me gustaron el rosa ni los lazos. Me ponía vestidos y me decía que jugara con muñecas y diez minutos más tarde me encontraba jugando con las construcciones de mis hermanos o destripando algo para ver cómo funcionaba.

–No sé por qué, pero me lo imaginaba –dijo Felix con una sonrisa.

–A veces me gustaría haber sido la mayor. Todo habría resultado más sencillo de aceptar.

–¿Como qué, que también querías ser ingeniero?

–No eso exactamente –dijo jugueteando con un espárrago.

–Entonces, ¿qué?

–Si hubiera estudiado una ingeniería en la universidad, les habría parecido bien.

Felix se quedó sorprendido.

–¿No tienes título?

–Soy la única que no lo tiene –dijo, y se mordió el labio–. El caso es que siempre supe lo que quería hacer y un título me habría retrasado tres años más. Así que transigí: terminé el instituto con buenas calificaciones y luego me preparé como mecánico.

–Supongo que tampoco sería una elección sencilla. ¿Había más chicas en el curso?

–Era la única –dijo sonriendo–. Hasta mitad de curso no logré convencer a los profesores y a los otros estudiantes de que la única razón para estar allí era para aprender la profesión y no para buscar un hombre.

Seguía sin buscarlo, a pesar de que el que tenía sentado frente a ella fuera un buen ejemplar.

–Supongo que tuviste que destacar en los exámenes para demostrar a todos que ibas en serio, ¿no?

—Más bien en cada tarea.

—¿Te lo pusieron difícil?

Ella se encogió de hombros.

—Lo importante es que lo conseguí. Sé que mis padres y mis hermanos se sintieron decepcionados, pero me gusta lo que hago. Así soy yo.

—Ay, las expectativas familiares…

Ella se sorprendió. No pensaba que la entendería. Pero por la expresión de sus ojos supo que él también, en algún momento, había decepcionado a su familia.

—A ti también te ha pasado, ¿verdad?

Hubo una larga pausa antes de que contestara.

—Excepto que yo soy el mayor en vez del pequeño.

—¿Qué se supone que debías hacer?

—Convertirme en la tercera generación de una empresa de corretaje de bolsa —dijo lanzándose a sus champiñones—. Por suerte, mis hermanas lo hicieron por mí.

—¿Qué hay de malo en ser corredor de bolsa?

Aquella pregunta le hizo levantar la cabeza y mirarla a los ojos.

—¿De veras tienes que preguntarlo?

—No era tu sueño.

—Así es. Lo que me gusta es arreglar cosas, como a ti. Claro que yo arreglo empresas.

Daisy arqueó una ceja.

—¿Así que admites que eres un liquidador de empresas?

—No, y si te molestaras en buscar información

sobre mí en internet sabrías lo que hago exactamente.

–Está bien, no he sido justa. Tenía intención de buscar información sobre ti, pero no he hecho los deberes.

–Pero te entretuviste con el motor con el que estabas trabajando esta mañana.

–Sí –dijo sonriendo–. Llevo una temporada trabajando en él. Perdí la noción del tiempo y se me hizo tarde para la reunión.

–¿Tarde?

–Está bien, tuviste que venir a buscarme, pero ya me he disculpado.

¿Qué más quería que hiciera?

En su mente se formó una imagen espontánea, disculpándose de una manera mucho más personal. Con un beso.

Oh, no. ¿Qué estaba pasando? Se suponía que aquella era una charla de negocios. Tenía que reconducir la conversación.

–Ibas a decirme qué hay de malo en la manera en la que hacemos las cosas.

–Para empezar, tenéis mucho terreno y no lo estáis usando.

–Claro que lo estamos usando. Es una zona de juegos para niños y jardines para que la gente pasee. A todo el mundo le gustan nuestros jardines.

–Pero con ese terreno no ganáis más dinero.

–¿Qué sugieres, que lo vendamos a un constructor?

Él frunció el ceño.

–¿Por qué piensas tan mal de mí?

Daisy sintió que le ardía la cara.

–Lo siento. Es…

–¿Un mecanismo de defensa?

–No, yo…

La voz se le desvaneció. Tal vez tuviera razón. Solía fijarse en lo bueno, pero estaba intentando ver el lado oscuro de Felix. Era un mecanismo de defensa porque la combinación de su aspecto con su agudeza le resultaba muy atractiva y se sentía tentada a olvidar el sentido común y saltarse sus principios.

–Dime lo que ibas a decir.

–Para empezar, un parque de atracciones es un lugar inusual para celebrar una boda.

–Ya se me había ocurrido, pero cuando me enteré de lo que costaba la licencia para celebrar bodas, pensé que no merecía la pena. Además, no tenemos un salón amplio para las recepciones.

–Podríais usar una carpa en verano.

–Sí, la góndola sería perfecta para las fotos de los novios. Pero los mayores ingresos los obtenemos los fines de semana de verano. Celebrar una boda supondría cerrar al público y perder las ganancias de ese día.

–No necesariamente. Podríais cerrar por las noches. Entonces, el parque de atracciones sería exclusivo para los invitados de la boda.

Un camarero se llevó los platos vacíos y les trajo los platos principales.

–También deberíais revisar los precios y el número de visitantes –añadió Felix–. Supongo que lo sabes, ¿verdad?

–¿No has hablado con Bill de eso? –preguntó ella frunciendo el ceño–. Claro que lo sé. Tenemos un sistema informatizado para las entradas, así no tenemos problemas con Hacienda. Sabemos exactamente cuántas vendemos cada día. También sabemos quién nos visita y si ha comprado entradas individuales, familiares o está usando un pase de temporada.

–Entonces tienes que analizar las estadísticas y ver si tenéis una estructura de precios adecuada.

Daisy suspiró.

–¿Cómo puedo hacértelo entender, Felix? Queremos continuar una tradición, no estamos en esto por dinero. Por eso buscamos un patrocinador, no un inversor que se haga con un porcentaje del parque de atracciones. No quiero subir el precio de las entradas y que resulten tan caras que las familias dejen de visitarnos. Quiero que la gente vuelva porque se lo ha pasado bien y no se sienta timada.

–No tienes que subir los precios. Pero con el precio de la entrada pueden subir en las atracciones tantas veces como quieran. Tal vez deberías reconsiderarlo –dijo Felix–. Calcula un precio con el que ofrezcas un número determinado de viajes junto con la entrada. Si la gente quiere más viajes, que pague por ellos. De esa manera, quien más monte en las atracciones, pagará más.

–No quisiera tener que poner esa responsabilidad en manos de los empleados –dijo Daisy–. Además, si manejamos dinero en sitios que no sean la taquilla, la cafetería y la tienda, la compañía de seguros lo verá como un riesgo añadido y la cuota se pondrá por las nubes. Es un coste extra que no podemos asumir.

–No si lo haces con un sistema de monedas o fichas que no tengan valor fuera del parque de atracciones. Entonces no tendrás que preocuparte del dinero ni de la seguridad.

Le gustaba su manera de pensar y cómo sostenía sus argumentos.

De nuevo, Daisy se encontró con sus ojos y deseó no haberlo hecho. En aquel momento su mirada era fría y analítica, y se la imaginó oscureciéndose de deseo, tal y como había ocurrido cuando lo había provocado con el espárrago. Sería tan fácil...

No. El parque de atracciones estaba primero y tenía que controlarse.

–Lo pensaré, gracias. ¿Algo más?

–¿Hay algún ayuntamiento cerca?

–El más cercano está a unos ocho kilómetros.

–Entonces, puedes tener un pabellón social. Tienes sitio para construirlo. Puedes usarlo para bodas, espectáculos y toda clase de eventos. También puedes alquilárselo a grupos. Puedes organizar eventos educativos y fiestas infantiles. Ya he visto en la página web que hacéis algo especial en Halloween y Navidad.

–No tenemos tren fantasma, pero me encantaría. Por Halloween ofrecemos paseos en el tren de vapor con calabazas iluminadas marcando el camino, y todos los empleados y los voluntarios se disfrazan esa noche. Por Navidad, Bill es un estupendo Santa Claus. Uno de los granjeros de la zona tiene un rebaño de renos que trae los fines de semana –dijo sonriendo–. Organizamos paseos en el tren de vapor a la gruta de Santa e iluminamos toda la ruta. A los niños les encanta.

–Entonces, sería estupendo contar con un centro social. Podrías decorarlo como la gruta de Santa Claus para las fiestas navideñas, presentar obras de teatro y conciertos e incluso dejar que los artesanos locales monten mercadillos en ciertas épocas del año. Además, sería más fácil mantener la intimidad que en una carpa. Sería un espacio multiusos.

–Pero no es una solución a corto plazo y su construcción tendrá un coste.

–Hay que arriesgar para ganar.

–Eso es un tópico. Hace falta dinero.

–No necesariamente. Ahí entra la inversión externa –sugirió Felix.

–Los inversores quieren obtener beneficios de su dinero. Es imposible que un patrocinador esté de acuerdo en construirnos un centro social, aunque lleve su nombre –dijo Daisy sacudiendo la cabeza–. Sigues sin entender. Ya te he dicho que no estamos en esto por los beneficios, sino por mantener vivas las tradiciones.

–Si no consigues beneficios, ¿cómo vas a poder mantener las atracciones? –preguntó él–. Y si quieres comprar viejos cacharros para restaurarlos, necesitas un inversor, Daisy.

–Un patrocinador –le corrigió–. ¿Te estás ofreciendo?

Nada más pronunciar aquellas palabras se dio cuenta de que podían ser interpretadas de diferente manera, sobre todo teniendo en cuenta que la había pillado mirándole a los labios.

Alzó la vista ligeramente y vio que también tenía los ojos fijos en su boca.

No estaba bien. Aquello eran negocios. ¿Por qué no se podía sacar la idea de placer de la cabeza?

–Me refiero a si te estás ofreciendo para colaborar con el museo –dijo ella improvisando.

No quería que pensara que le estaba ofreciendo algo personal, aunque lo cierto era que en parte lo deseaba.

–Lo estoy considerando –dijo Felix–. Quiero ser la sombra de Bill durante un par de días para comprobar cómo funcionan las cosas –añadió sosteniéndole la mirada más de lo necesario–. También pudo ser tu sombra.

Desde luego que no. Cuanto más hablaba con él, más atraída se sentía, y no podía arriesgarse a caer en la tentación.

–Sería mejor que pasaras un rato con todos para hacerte una idea de cómo funciona esto –dijo ella–. Empieza pasando un rato en la cafetería, haz un turno en la tienda de regalos y luego en cada atracción. Y si se te da bien, entonces quizá te deje…

El repentino brillo de sus ojos la hizo detenerse.

–¿Dejarme qué, Daisy? –preguntó con voz sensual, como si fuera chocolate derretido.

A duras penas consiguió mantener la calma.

–Conducir uno de los trenes.

Por su expresión supo que conducir un tren no era la clase de recompensa que tenía en mente.

–De acuerdo –dijo mirándola a la boca de nuevo.

Parecía querer saborearla.

Lo curioso era que deseaba que lo hiciera a pesar de que estuvieran en un lugar público, de que apenas lo conociera y de que no fuera profesional por su parte.

–¿Por qué no tiene liquidez el parque de atracciones?

–Nadie ha malversado fondos, si eso es lo que piensas. El año pasado gastamos más de lo previsto restaurando una de las atracciones: las sillas voladoras. Quizá fue algo temerario, pero era una oportunidad muy buena que no podíamos dejar pasar. Además, no esperábamos que una panda de idiotas entrara y destrozara el parque, ni que la compañía de seguros se desentendiera. Las lunas no son precisamente baratas.

–La cafetería ya está arreglada. ¿De dónde has sacado el dinero para hacerlo?

Ella apartó la mirada.

–Eso es problema mío.

–Vamos, Daisy.

–No se lo digas a Bill –dijo al cabo de unos segundos, y suspiró–. Digamos que hice que los de la compañía de seguros se sintieran culpables y cambiaran de opinión.

–Se percatará cuando vea las cuentas –le advirtió Felix.

–Y entonces será demasiado tarde para protestar.

–¿De dónde has sacado el dinero? –volvió a preguntar.

–He hablado con el banco y voy a hipotecar mi casa. No se lo digas a Bill.

–Te he subestimado –dijo Felix–. No volveré a cometer el mismo error.

–Bien, porque aunque ahora me veas tan arreglada, yo no soy así.

Para su sorpresa, él alargó la mano y apretó la de ella. La presión de sus dedos hizo que Daisy sintiera calor en el vientre.

–Creo que ahora eres tú la que se está subestimando.

Le soltó la mano, pero algo en sus ojos le decía que él sentía el mismo calor, la misma extraña sintonía. Así que volvió a provocarlo cuando el pudin llegó, chupando la cuchara mientras mantenía la mirada de Felix.

¿Por qué nunca se había dado cuenta de lo divertido que era flirtear? Tal vez había estado coqueteando con los hombres equivocados.

–Daisy –dijo con voz seductora.

–¿Qué?

Él sonrió con picardía.

–Te prometí darte a probar.

Felix le ofreció una cucharada de su mousse de limón.

Tenía que controlarse. Lanzarse a los brazos del hombre que iba a invertir en el parque de atracciones sería una estupidez.

–Eh… Está bien. Estoy llena.

–Cobarde.

Le ardió aún más la cara. Estaba segura de que se había dado cuenta.

–Puedes cambiar de opinión –dijo él sonriendo–. Me he fijado en tu pastel de chocolate.

–¿Quieres probarlo?

–Sí, quiero probarlo.

Daisy seguía teniendo extrañas ideas en la cabeza. Eran pensamientos que sospechaba que él también compartía, dada su expresión al tomar el bocado del pastel que le ofreció.

Cuando el camarero volvió, Daisy pidió un café. Necesitaba cafeína. Se sentía como si hubiera bebido champán en vez de agua con gas. Tal vez fuera que Felix se le había subido a la cabeza.

Nunca antes había conocido a nadie que le produjera aquella sensación.

–Lo he pasado bien esta noche –dijo él después de que ella se terminara el café.

–Yo también –admitió–. Pero será mejor que vuelva.

–¿Por Titan?

–Sí. ¿Te importa si pedimos la cuenta?

Él se encogió de hombros.

–No es necesario. Pago yo.

–De ninguna manera. Esto ha sido una cena de negocios, así que dividamos la factura –afirmó Daisy con rotundidad.

–Y también de placer. Lo he pasado muy bien cenando contigo, así que pago yo. Y no discutas –dijo él al verla entrecerrar los ojos–. Te propongo una cosa: si tanto te molesta, puedes invitarme a cenar mañana.

–¿Por trabajo o por…

Dudó si decir la palabra «placer», pero él la dijo por ella.

–He disfrutado de tu compañía –dijo inclinándose hacia delante para que solo ella pudiera oírle–. Por no mencionar el hecho de que eres la mujer más interesante que he conocido en años. Estimulas mi mente, además de mi libido –dijo–. Y eso es raro.

Ella contuvo la respiración. No buscaba una relación. Le gustaba su vida tal y como era. Él le había dicho que era un adicto al trabajo al que no le gustaba estar en el mismo sitio mucho tiempo. Tener una aventura con él sería una completa locura.

Aun así…

–De acuerdo. Me encargaré de la cena mañana.

Él sonrió.

–Lo estoy deseando.

Felix rodeó la mesa para ayudarla a levantarse de la silla. Sus modales eran tan impecables como su manera de vestir, pensó.

–Te acompañaré al coche.

Salieron en silencio del hotel. A cada paso, el corazón le latía con más fuerza. ¿La besaría Felix a la luz de la luna de una noche primaveral? ¿Quería que lo hiciera?

Al llegar al coche, silbó.

–Vaya, está muy bien.

–No es mío. Es de Ben, mi hermano. Es el coche de sus sueños.

–¿Y el tuyo?

–Un Jaguar rojo.

–A mí me gusta el Aston Martin DB5 plateado.

Ella rompió en carcajadas.

–Soy Bond, Felix Bond.

–Gisbourne –la corrigió en tono de broma–. Felix Gisbourne.

Entonces se inclinó y rozó sus labios con los de ella. Fue breve y dulce, un ofrecimiento y una promesa a la vez.

Volvió a hacerlo y esta vez respondió separando los labios y dejando que la besara más profundamente. A continuación lo rodeó por el cuello con los brazos y él la sujetó por la espalda, atrayéndola tanto que pudo sentir su erección contra el vientre. Cuando puso fin al beso y se apartó de ella, se sintió perdida.

–*A demain.*

Daisy se quedó sin palabras. Era incapaz de hacer ningún comentario. En su lugar, se llevó la mano a la boca y se subió al coche.

Felix dio unos golpes en el cristal.

–¿Daisy, estás bien?

–Me has besado –susurró.

–Tú me has devuelto el beso.

Daisy se aferró al volante para que sus manos dejaran de temblar.

–Felix, esto no es una buena idea.

–Lo sé. Pero hay algo en ti que me hace desear hacer toda clase de cosas que sé que no están bien.

–Ya somos dos.

Oh, no. No pretendía hacer ese comentario en voz alta.

–Me voy antes de que ceda a la tentación y te saque de ese coche para llevarte a un sitio más privado –dijo él acariciándole la mejilla–. Hasta mañana. Que tengas dulces sueños.

Era imposible que sus sueños fueran dulces. Iban a ser subidos de tono.

Sin saber cómo, llegó a casa y se acomodó en el salón con Titan en su regazo.

–Es peligroso –le dijo al gato–. Tengo que mantener las distancias.

Pero estaba segura de que no lo haría.

Capítulo Cuatro

A la mañana siguiente, Daisy lavó el vestido prestado y lo tendió en el jardín trasero, para plancharlo más tarde y devolvérselo a Alexis. Luego, como de costumbre, fue en bicicleta hasta el trabajo con Titan en la cesta.

Para su sorpresa, Felix la estaba esperando en la puerta del taller.

–Te he traído una bolsa con restos de comida. Me dijiste que a alguien le gustaba mucho el salmón, así que he convencido al cocinero.

–¿Estás intentando sobornar a mi gato? –preguntó ella mientras abría la puerta del taller.

–¿Para que me enseñes los libros de contabilidad? –dijo riendo–. Tal vez. Por cierto, te quedan bien esos vaqueros.

Daisy evitó sonreír ante aquel cumplido y se limitó a encogerse de hombros.

–Es ropa de trabajo, no como tu traje, que acabará manchándose si te acercas a los motores.

–He estado hablando con Maureen en la taquilla. Iba a llevarle una taza de té, pero antes tenía que entregar esta bolsa –añadió e inclinándose, le dio un beso en la comisura de los labios–. Hasta luego, Daisy –dijo acariciando al gato.

Le dio la bolsa a Daisy y esbozó una amplia sonrisa.

¿Cómo lo hacía? ¿Cómo con unas palabras, una sonrisa y un ligero roce de labios la había hecho sentir que flotaba?

Felix pasó el día acompañando a Maureen en la taquilla y a Shelley en la cafetería. Se había mostrado atento con los visitantes, pero no había podido dejar de pensar en Daisy.

Lo intrigaba. Nunca antes había conocido a nadie como ella. Aunque pasaba el día vestida con un mono y unas zapatillas de flores, con un sencillo vestido negro y el pelo suelto, parecía una venus. Era una mujer a la que le gustaba saber cómo funcionaban las cosas, capaz de desarmarlas y arreglarlas. Era una mujer muy leal a su familia y entregada a su trabajo hasta el punto de hacer sacrificios sin pararse a pensar. Había pedido un préstamo para arreglar las lunas de la cafetería, sabiendo que no recuperaría el dinero.

Deseaba volver a besarla. La manera en que había abierto sus labios, la forma en que lo había abrazado para dejarle explorar su boca... Con solo recordarlo, sentía la necesidad de darse una ducha fría.

Aquella se suponía que iba a ser una oportunidad empresarial diferente y llena de retos. Seducir a la subdirectora y jefe de mecánicos no era una buena idea. Pero había algo en ella que no podía resistir.

Se las arregló para mantenerse alejado gran parte del día, pero a media tarde su determinación aflojó hasta el punto de que se ofreció a hacer la ronda del té. Daisy resultó ser la última de la lista.

Al acercarse a la puerta del taller, la oyó cantar. Titan estaba subido a un motor. Abrió un ojo y se quedó mirando a Felix.

–¡Visita! –dijo Felix.

El gato no se movió.

–¿Qué quieres, más salmón? Eso es vicio.

El gato continuó mirándolo impasible. Era surrealista estar hablándole a un gato.

–De acuerdo, ya te traeré más mañana. Dile a Daisy que tiene visita y que es la hora del té –dijo levantando la taza.

El gato saltó abajo y unos segundos después se oyó un quejido. Daisy apareció de debajo del motor.

–Ah, eres tú.

Las palabras sonaron indiferentes, así como el tono. Pero sus ojos enviaban un mensaje diferente.

–Sí, soy yo.

Tenía el mono lleno de grasa. Llevaba el pelo recogido bajo una gorra de béisbol y tenía la cara manchada. Aun así, le hacía hervir la sangre.

–¿Qué quieres?

–Shelley me envía con tu taza de té. Es hora de que te tomes un respiro.

–Gracias.

–Me prometiste encargarte de la cena esta noche –dijo él.

Al ver su expresión, Felix supo que debía controlarse. Pero parecía no poder evitar decir lo contrario de lo que pensaba.

–¿O te has echado atrás?

–No soy una gallina –dijo ella levantando la barbilla.

–Claro que no. Pero tampoco sé leer la mente, así que sería buena idea que me dieras detalles.

–Tengo pensado un sitio sencillo.

Enseguida se dio cuenta de que era su forma de devolverle los comentarios que había hecho sobre su ropa. Era justo. Había sido descortés con ella. Tenía la sensación de que alguien le había dicho las mismas cosas y la había herido. La habían juzgado bajo un criterio convencional y la habían considerado insuficiente.

Quizá por eso llevara ropa holgada para trabajar, no solo por comodidad sino para decirle al mundo que no le importaba lo que pensaran de ella. Aunque tenía la sospecha de que en el fondo, sí le importaba.

–¿Qué sugieres? –preguntó él.

–Vaqueros –dijo, y se quedó mirándolo fijamente–. Si es que tienes alguno.

No tenía ninguno, pero confiaba en tener tiempo para remediarlo.

–¿Dónde y a qué hora nos veremos?

–En el control de acceso a las siete menos cuarto.

Seguía sin saber qué tenía planeado, pero tenía la sensación de que iba a pasárselo bien.

–Entonces, hasta las siete menos cuarto.

Necesitaba comprarse unos vaqueros. Volvió a la cafetería y le dijo a Shelley que había surgido un imprevisto y que volvería al día siguiente. Luego charló brevemente con Bill y condujo hasta el pueblo más cercano. Media hora más tarde, se había comprado un par de vaqueros y unas botas de ante que pensó que le gustarían a Daisy. También se había hecho con un jersey negro de cachemir.

Cuando se encontraron a las siete menos cuarto en punto, la expresión de Daisy le confirmó que no se había equivocado.

Estaba muy guapa con unos vaqueros desgastados, un jersey color lavanda y el pelo suelto. Se lo acababa de lavar porque lo tenía húmedo y olía a fresa. Deseó envolverla en sus brazos y hundir el rostro en su cabello. Para contener la tentación, se metió las manos en los bolsillos.

–¿No viene Titan? –preguntó mirando la cesta de la bicicleta.

–Esta noche no –dijo señalando la manta de picnic que había en su lugar.

–¿Adónde vamos? ¿Quieres meter la bicicleta en el maletero de mi coche?

–No –contestó sonriendo–. Ya hemos llegado.

–¿Vamos a cenar aquí?

–Sí. Esta noche, señor Gisbourne, voy a enseñarte por qué me gusta tanto este sitio. Aparca junto a la taquilla.

Daisy abrió la barrera de acceso y esperó a que

entrara antes de volver a cerrarla. Lo siguió peda-
leando y aparcó la bicicleta junto al coche. Luego
tomó la manta y una pequeña nevera portátil de la
cesta.

–¿Quieres que te ayude con algo? –preguntó él.

–No, gracias.

Lo llevó hasta la góndola y allí dejaron la nevera y la manta. Luego fueron a los coches de choque.

–Empezaremos por aquí. Elige el coche que quieras mientras yo enciendo –dijo, y al poco las luces y la
música estaban encendidas–. Nada de chocar –le advirtió al volver–. La idea es esquivarnos.

–¿Si chocas los coches se estropean?

–Son robustos, pero son originales y no quiero
correr riesgos –dijo sonriendo y se colocó al volante de uno de ellos–. Alcánzame si puedes.

Fue divertido poder disfrutar de la atracción
para ellos solos. El coche de Daisy zigzagueaba por
el circuito. Era evidente que tenía mucha práctica
y que se le daba muy bien. Cada vez que Felix creía
que la había alcanzado, ella lo esquivaba y salía en
dirección contraria.

Al cabo de un rato, Daisy paró el coche y se
bajó.

–Está claro que no malgastaste tu juventud.

No. Sus padres nunca lo habían llevado de niño
a parques de atracciones y de adolescente se había
preguntado qué tenían de interesante. La música
alta, las luces intermitentes y la comida basura
nunca habían sido su estilo.

–Esperaba escuchar a Elvis, teniendo en cuenta que es una atracción de los años cincuenta.

–Tenemos a Elvis, pero la mayoría del tiempo ponemos música de los años sesenta. Bobby Vee, los Everly Brothers… Música de cuando mi madre era adolescente. A los abuelos les encanta venir aquí. Disfrutan viendo a sus nietos y no dejan de cantar –dijo ella sonriendo–. Recuerdo a la abuela Bell cantando.

–¿Así que has heredado el talento para cantar de tu abuela? –preguntó él.

–La abuela Bell era hija de artistas, así que sabía cantar, bailar, hacer juegos malabares… Cuando era joven bromeaba con los chicos diciéndoles que comía fuego. Nos gustaba mucho ir a verla. A todos nos enseñó a hacer malabarismos –dijo ampliando la sonrisa– con huevos.

–Suena a una infancia idílica.

–Lo fue –dijo, y lo miró–. Me temo que la tuya no, ¿verdad?

¿Cómo lo había adivinado?

–No estuvo mal –dijo encogiéndose de hombros.

No quería contarle lo mucho que había odiado el internado y cuántas veces había querido convencer a sus padres para que lo mandaran a un colegio normal, como el de sus hermanas. Aquello era agua pasada y ya estaba superado. Lo único que ahora le preocupaba era vivir como quería.

Se aseguró de que todos los interruptores quedaran apagados y luego se fueron al tiovivo.

–Cambié todos los motores de vapor por eléctricos solo para evitar los quebraderos de cabeza con las normativas de salud y seguridad.

Las luces se encendieron, reflejándose en los espejos estratégicamente colocados. Felix estaba empezando a comprender por qué a Daisy le gustaba la mezcla de ostentación e inocencia que emanaba del parque de atracciones.

–Elige un caballo, el que quieras –dijo con una sonrisa, y se fue a encender el órgano.

Felix pensó que iba a dejarlo solo, pero la vio saltar a la plataforma giratoria y caminar hacia él, antes de subirse a un avestruz que había junto a su caballo.

Felix disfrutó del viaje. Aunque de lo que más disfrutó fue del placer del rostro de Daisy sentada junto a él, sujetándose al poste.

No pudo evitar preguntarse de qué serían capaces aquellas manos sobre su piel.

A mitad de la siguiente canción, Daisy saltó del avestruz y volvió a los controles del centro de la atracción, que se fue parando a la vez que la música.

–Suficiente o ¿quieres otra vuelta?

–Suficiente –contestó él sonriendo–. Esto te gusta mucho, ¿verdad?

Ella acarició uno de los caballos.

–Sí. ¿Te das cuenta ahora?

–Si digo que no, ¿podré subirme a otras atracciones?

Ella rio.

–Por supuesto.

Lo llevó hasta las barcas colgantes y acercó una de las escaleras.

–Adelante –dijo ella.

–Las damas primero.

–¿Para que te fijes en mi trasero? Creo que no. De todas formas, peso menos que tú. Es mejor que el más pesado entre primero.

–¿Para que te fijes en mi trasero?

–Está bien, está bien. Si es lo que pretende, señor Gisbourne, le diré que esos vaqueros le sientan muy bien. ¿Satisfecho?

–Sí de momento.

–Cuanto más fuerte tires de ella, más alto llegarás.

Le llevó un par de intentos dar con el ritmo adecuado. Luego, la sensación de trabajar en equipo con Daisy fue increíble. Estaba seguro de que ella también lo pensaba porque advertía una mezcla de sorpresa y placer en sus ojos.

–Imagínate esto con luces y música –dijo mientras dejaban de tirar de la cuerda y el balanceo se detenía–. Y a tu alrededor gente riendo, olvidándose de sus problemas. Eso es lo que los viajantes llevaban a las ferias de los pueblos. Era puro entretenimiento, algo apetecible después de meses de duro trabajo y de luchar por llegar a fin de mes.

A continuación, Daisy le hizo subir una escalera hasta lo alto del tobogán espiral.

–Sujétate a la alfombra –dijo dándole una–, pero no te agarres a los bordes o te quemarás.

–Sí, señorita.

El viaje fue más rápido y divertido de lo que había imaginado, aunque había una cosa que echaba en falta. La tercera vez que se tiraron por el tobogán, Felix esperó a Daisy, la ayudó a levantarse y la besó.

–¿A qué viene eso?

Sabía que pretendía mostrarse fría y tranquila, pero podía oír su respiración. Aquel beso le había afectado tanto como a él, a pesar de que había sido un beso fugaz.

–Ha sido para desearte suerte –dijo él sonriendo.

Se había sonrojado y estaba preciosa. No le hacía falta maquillaje ni ropa de marca para estar guapa. Estaba perfecta tal cual estaba. Felix tuvo que meterse las manos en los bolsillos para evitar abrazarla y besarla debidamente.

Daisy continuó mostrándole el resto de las atracciones una por una. Al final, volvieron a la góndola.

–Tienes que tener en cuenta que cuando esto estaba de moda, la mayoría de los pasajeros no habían visto un coche y menos aún se habían montado en uno. Va despacio, pero es porque no tiene cinturones de seguridad. Tengo que cumplir la normativa de seguridad, e hicieron esta concesión –dijo sonriendo–. Aun así es una atracción divertida. En su origen la consideraban de infarto.

–¿Vas a subirte conmigo? –le preguntó al verla acercarse al centro para ponerla en marcha.

Ella sacudió la cabeza.

–Puse un motor eléctrico, pero no puedo subirme a ella como hago en la plataforma del tiovivo. Me gustaría poder controlarlo con un mando a distancia, pero bueno. Disfruta.

Las luces se encendieron y el órgano empezó a sonar. Felix no dejó de asomarse para mirar a Daisy y saludarla con la mano al pasar.

Cuando el viaje terminó, Daisy dejó que el órgano siguiera sonando.

–¿Qué te ha parecido?

–Ha sido divertido, aunque creí que iba a caerme con el movimiento de subida y bajada.

Ella rio.

–Esa es la idea. Tengo que admitir que es mi favorito –dijo acariciando el lateral del carrusel–. Mi bisabuelo lo construyó. Mi abuela trabajó en ella y mi tío lo rescató. Yo crecí con él. Hay una foto mía de cuando tenía dieciocho meses subida con mi padre. Y ahora, la siguiente generación ya está aquí. A los gemelos les encanta también.

Felix entendía ahora por qué el parque de atracciones era su pasión. Cada vez que hablaba de él, los ojos se le iluminaban. No pudo evitar imaginar qué se sentiría si fuera él el destinatario de aquella pasión. Los besos que habían compartido habían sido demasiado castos, pero no había ninguna duda de que Daisy Bell era una mujer apasionada. Solo había que ver la curva de sus labios carnosos.

Daisy extendió la manta, se sentó y dio unas palmaditas a su lado.

–Ven y siéntate. Te prometí encargarme de la cena.

La nevera tenía pan francés, cremoso queso Brie, tomates partidos y rúcula.

–No tiene que ser un plato caliente para ser equilibrado –dijo abriendo un recipiente con humus–. Hay verdura, proteínas, carbohidratos… Aunque no creo que sea digno de una estrella Michelin.

–Está muy bien –dijo Felix.

Era sincero. No recordaba la última vez que había tenido un picnic con alguien, ni cuándo había deseado tumbarse de espaldas para ver la puesta de sol.

Terminaron la cena con nectarinas y, por último, con los *brownies* de chocolate.

–Pensé que sería buena idea traerlos, a la vista de que eres tan goloso.

–Están buenísimos. ¿Los has hecho tú?

–No. No puedo creer que hayas hecho un turno en la cafetería y no te hayas fijado en los famosos brownies de Shelley. Hablando de despistados.

–Estaba en la caja –dijo defendiéndose–. ¿Sabe Shelley para qué los querías?

–Sí, para cenar –contestó sonriendo–. Suelo comprar algo para cenar porque estoy demasiado ocupada para cocinar o porque me da pereza, depende de cómo lo veas. Pero no te preocupes. La gente no va a murmurar sobre nosotros.

–Bien –dijo cediendo a la tentación y besándola–. Sabes a nectarinas y a chocolate.

–Tú también –dijo acariciándole el brazo.

–Necesito hacer esto, Daisy –dijo hundiendo las manos en su pelo–. Me hace desear… –añadió y volvió a besarla.

Al volverse más intenso el beso, él se tumbó en la alfombra y la hizo colocarse sobre él.

Sentía la suavidad de sus senos contra su pecho. Acarició con una mano la generosa curva de su trasero y dejó la otra en su espalda.

En aquel instante solo existían ellos. Podía venir un vendaval o granizar que no se daría cuenta. Sus sentidos estaban embriagados con Daisy Bell. El brillante pelo castaño olía a fresas, su boca sabía a nectarina y la suavidad de su cuerpo le hacía desear hundirse en ella y dejarse llevar.

Lo mejor de todo era que le estaba devolviendo los besos. Estaba claro que había muerto y que había ido al cielo.

Pero cuando se apartó, vio su expresión contrariada.

–No voy a hacerte daño, Daisy.

–Bien.

Él se incorporó y la rodeó con sus brazos mientras ella permanecía sobre su regazo.

–Yo tampoco esperaba que pasara esto, pero vamos a tener que aceptarlo.

–Seamos prudentes –dijo Daisy.

–¿Podremos? No puedo dejar de pensar en ti. Y tengo la sensación de que todo esto te ha sorprendido tanto como a mí.

–Así es –admitió ella.

–Tal vez deberíamos…

No fue una buena idea mirarla a la cara. Su boca estaba a escasos centímetros de la de ella. Lo único que tenía que hacer era inclinarse ligeramente y…

–Felix, no podemos. Esto son negocios.

Sus ojos reflejaban pánico. Había llegado el momento de apartarse. La besó en la punta de la nariz y la soltó.

–Somos adultos. Creo que ambos somos capaces de separar los negocios y lo que sea esto que está surgiendo entre nosotros, pero no voy a insistir. Te ayudaré a recoger.

Capítulo Cinco

A la mañana siguiente, Felix se ofreció voluntario para repartir el té. Por alguna razón, Daisy acabó siendo la última de su lista.

¿A quién pretendía engañar? Lo había planeado así para poder hablar y pasar un rato con ella.

Al llegar, la encontró cantando.

Titan abrió un ojo desde su privilegiada posición sobre el motor y se quedó mirándolo.

–Hola. Tiene una voz muy bonita y quiero escucharla –dijo Felix.

El gato continuó mirándolo, aunque esta vez sus ojos parecían clavados en la bolsa que Felix llevaba.

–Tú eliges, gato. No puedo darte salmón hasta que ella me deje –dijo Felix–. Así que te conviene avisarla de que tiene visita.

El gato saltó del motor y fue a buscar a Daisy.

Daisy apareció por el otro lado.

–¿Cuánto tiempo llevas ahí? –preguntó nada más verlo.

–Lo suficiente.

Ella se sonrojó. A pesar de la ropa de trabajo, estaba muy guapa.

–Te he traído té y una bolsa con las sobras.

–¿Otra vez salmón? –preguntó acariciando al gato–. Alguien va a estar insoportable la semana que viene.

¿Se refería a cuando se fuera?

–Pero gracias. Por el té y por el salmón.

Titan maulló como si estuviera de acuerdo.

–¿Con quién vas a estar hoy?

–Estaba pensando pasar una hora en cada una de las atracciones. Aunque sé que funcionan, podré ver la reacción de los visitantes y cuáles son las más populares.

–¿Quieres conducir el tren?

Al ver que no respondía, se sorprendió.

–La mayoría de la gente da saltos de alegría cuando se lo ofrezco. Pensaba que todos los hombres habían querido ser maquinistas de niños.

–No, nunca viajé en tren.

Siempre lo llevaban en coche al internado y muchas veces ni siquiera eran sus padres los que lo llevaban. Por aquel entonces, lo había aceptado sin más, pero después su cabeza se había llenado de interrogantes. Tal vez Tabitha había dado en el clavo. Quizá sus padres no se habían preocupado lo suficiente por él.

Se había hecho un montón de preguntas horribles desde el momento en que tres años antes escuchara a Tabitha hablando con sus amigas en el piso que compartían. Les estaba contando lo que sentía por él. Había visto su infancia desde otro punto de vista y se había preguntado si se había equivocado tanto como con su prometida.

72

Apartó aquellos pensamientos. Había olvidado a Tabitha y había seguido con su vida. No quería volver a dejar que nadie se le acercara si su principal interés era su dinero. Ahora tenía claro que su corazón no estaba incluido en sus relaciones.

–¿Nunca te has subido a una locomotora de vapor?

–No.

–¿Nunca? ¿De verdad?

–Tampoco es para tanto–dijo él encogiéndose de hombros.

–Eso lo dirás tú. Entonces, subiremos al tren a las diez. Te espero a las diez menos cinco en el andén uno para que lo conduzcas. Te advierto que se te puede manchar la camisa con el hollín.

–Siempre puedo quitármela y conducir a pecho descubierto.

Ella se sonrojó.

–Ve a ver a Maureen para que le pida a Mac que te deje un mono.

–¿Mac es quien suele conducir el tren? ¿Crees que le parecerá bien que conduzca teniendo en cuenta que nunca he visto una locomotora de vapor?

–No –dijo ella sonriendo–. Estarás conmigo.

Eso lo explicaba todo. Era precisamente lo que quería, estar con ella. Los dos solos. Era un locura y lo sabía, pero no podía negarse.

–Entonces, hasta luego.

Felix se encontró con Daisy a las diez menos cinco en el andén, vestido con un mono. Ella se había puesto uno limpio y seguía con el pelo recogido bajo una gorra de beisbol con la palabra «fogonero».

–Bueno, señor Gisbourne, qué bien le sienta el verde.

–¿De qué va eso de «fogonero»?

–Se necesitan dos personas para conducir un tren de vapor. Tú eres el conductor, el que mueve el tren aprovechando el vapor. Yo soy el fogonero. Conozco el recorrido, así que sé dónde va a necesitar más combustible el tren y mi misión es asegurarme de que tengas suficiente.

Sacó una gorra roja con una banda negra en la que se leía «conductor». La había visto en la tienda de regalos.

–Para ti.

Ella lo empujó hacia el tren mientras los niños empezaban a agitar sus manos para saludarlos.

–Devuélveles el saludo –dijo en voz baja, aunque él ya lo estaba haciendo–. Mac se está asegurando de que todos los pasajeros estén ya a bordo.

–¿Para qué sirven todas estas palancas? –preguntó Felix.

Le explicó para qué servían aquellas palancas y válvulas, llamando su atención sobre el indicador del nivel de agua.

–Esto es lo más importante del tren. Si el nivel del agua es muy bajo, puedes provocar una explosión y borrar el parque de atracciones del mapa.

–¿Sigues pensando que es seguro que conduzca yo?

Ella sonrió.

–Está contigo el jefe de mecánicos, quien conoce este tren desde hace veinte años.

–Está bien.

–Venga, toca el silbato. Tienes que hacer dos silbidos breves para avisar de que estamos a punto de ponernos en marcha.

Daisy le tomó la mano y se la colocó en el cable, provocándole un escalofrío en la espalda. En vez de conducir el tren deseaba entrelazar los dedos con los suyos y atraerla hacia él para besarla.

–Presta atención, señor Gisbourne, dos silbidos.

Felix regresó de sus pensamientos y tiró del cable dos veces.

–Suelta el freno –le ordenó–. Muy bien. Abre la válvula. Ahora suéltala poco a poco hasta que te diga que pares.

Entonces se pusieron en marcha. El motor tembló, empezó a salir humo y a oler a quemado. Felix nunca había experimentado nada como aquello en su vida. De repente entendía por qué Daisy se entusiasmaba tanto. La gente con la que se cruzaban en la ruta estaba disfrutando del espectáculo tanto como los pasajeros.

–¿Te ha gustado? –preguntó ella al final.

–Me ha encantado –contestó con sinceridad.

–Bien porque ahora vas ayudarme a darle la vuelta a la máquina para dejársela lista a Mac.

–¿Me estás diciendo que tenemos que mover este tren a mano?

–No, solo la locomotora. Las siete toneladas y media que pesa. Hay que detenerla en el sitio exacto y no es justo pedirle esa responsabilidad a un conductor novato.

Sabía muy bien cómo animar a la multitud y les pidió su colaboración para dar la vuelta a la locomotora.

–A la de tres quiero que todos soplen –dijo, y saltó para cruzar los raíles–. Empuja en sentido contrario de las agujas del reloj –añadió en voz baja para que solo él pudiera oírla.

Todos los niños que había junto a la valla empezaron a dar palmas mientras Felix hacía rotar la locomotora sobre la plataforma giratoria. Daisy era toda una artista, pensó. Lo llevaba en la sangre.

–Y ahora, tres hurras por Felix, el conductor.

Daisy le había enseñado lo que llevaba años perdiéndose. De nuevo, volvió a recordar las palabras de Tabitha: «Claro que no quiero a Felix. Es tan soso».

Apartó aquel pensamiento. Ya no amaba a Tabitha. Sus sentimientos hacia ella habían terminado en el instante en que había descubierto el verdadero motivo por el que se iba a casar con él. Era la desconfianza en sí mismo lo que no acababa de aceptar. Era una de las razones por las que se había entregado al trabajo.

–Ha sido increíble –le dijo a Daisy al volver al taller–. Creo que me has dado algo que no tuve en mi infancia.

Enseguida se arrepintió de haber hecho esa confidencia al ver los ojos de Daisy oscurecerse.

–Felix, me estás rompiendo el corazón con el niño que fuiste. Te sentías solo, ¿verdad?

–No –contestó.

No pretendía contarle aquello ni que sintiera lástima de él.

–Tengo dos hermanas. ¿Cómo iba a sentirme solo?

Ella arqueó una ceja.

–Si se lo cuentas a alguien, diré que estás loca –añadió Felix.

Para su sorpresa, Daisy dio un paso adelante y lo rodeó con sus brazos, como si de verdad le importara lo que sentía.

Sintió que algo en su interior se rompía.

–No se lo diré a nadie –dijo–. Tengo la suerte de haber crecido en una familia que me quiere, aunque no estén de acuerdo con mi trabajo y no dejen de recordarme continuamente que soy la pequeña.

–Mi familia también me quiere –protestó él.

–Apuesto a que aún intentan convencerte para que te hagas corredor de bolsa, especialmente dándosete tan bien arreglar las cosas.

Estaba demasiado cerca de la verdad. Necesitaba distraerla cuanto antes. Pero lo que surgió de su boca no fue lo más adecuado.

–Cena conmigo esta noche.

–¿Para que me ponga un vestido otra vez?

–No si cenamos en mi terraza.

Estaba completamente loco. No buscaba una relación y tenía que poner distancia entre ellos, así que, ¿por qué había propuesto verla esa noche? ¿Por qué estaba proponiendo un lugar más privado que el comedor del hotel?

Ella lo soltó y dio un paso atrás para mirarlo a los ojos.

—No pretendo nada, simplemente cenar.

Ella no dijo nada. Su expresión lo decía todo. Eso le dio el coraje para confesarle sus confusos sentimientos.

—Admito que te encuentro atractiva y creo que es mutuo, pero te pido que cenes conmigo porque me gusta tu compañía, no porque quiera llevarte a la cama —dijo, aunque eso también le gustaría—. Enviaré un taxi a recogerte porque quiero que tomemos un par de copas de vino.

Daisy se chupó el labio inferior y tuvo que controlarse para no agachar la cabeza y besarla. ¿Qué tenía aquella mujer que le hacía perder el sentido común?

—¿A qué hora? —preguntó ella.

—¿A las siete?

—Allí estaré.

Daisy sabía que si le pedía prestado otro vestido a Alexis iba a tener que dar explicaciones. Tampoco podía pedírselo a Annie, por la misma razón. Apenas podía explicárselo a sí misma, como para tener que contárselo a su mejor amiga y a su cuñada. Al final, decidió ponerse el mismo conjunto que se ponía para las presentaciones a los escolares: un elegante pantalón negro, una camiseta blanca de tirantes, un jersey rojo y unos mocasines negros. Aquella ropa le ayudaría a mantener la cabeza en los negocios y no en la boca de Felix ni en lo mucho que deseaba que la besara en el cuello.

Cuando llegó a la recepción, Felix estaba esperándola en una de las butacas de cuero. Llevaba traje y una camisa blanca, aunque por primera vez sin corbata. Le daba un aspecto más cercano.

–¿Lista para cenar?

Ella asintió, aunque la idea de cenar en su terraza hacía que el corazón le latiera con tanta fuerza que las palabras se le perdían en la cabeza.

Caminaron hasta el ascensor. Era tan opulento como el resto del hotel. Las puertas se cerraron y se quedaron a solas.

¿La besaría? Al ver que no, no supo si sentirse aliviada o decepcionada.

Al llegar a la habitación, Felix abrió la puerta y la guio hasta la terraza. Había una mesa para dos y una botella de vino enfriándose, además de una jarra de agua.

–Espero que no te importe que haya pedido por ti.

Lo cierto era que sí le importaba, y estaba a punto de decírselo cuando él continuó.

–Es un menú degustación.

–No tenía ni idea de que lo tuvieran.

–El chef es un tipo simpático –dijo Felix.

79

Habían hablado del menú degustación la primera noche que habían cenado juntos.

–¿Quieres decir que le has convencido para que lo preparase esta noche para nosotros?

–Me has enseñado algo, Daisy: la gente que hace lo que le gusta, disfruta compartiéndolo con otros. Como tú con el parque de atracciones.

–Pero el chef tiene dos estrellas Michelin.

–Lo cierto es que llevaba tiempo pensando en ofrecer menús degustación. Le ha parecido una buena idea y somos sus conejillos de indias.

–¿Otra vez haciendo de arreglalotodo? –preguntó ella sonriendo.

–Si se te hubiera ocurrido primero, habrías ido a hablar con él.

–Tal vez.

–Vamos a comer, Daisy –dijo sonriendo–. Esto va a ser divertido.

Y lo fue. Una gran tapa de plata cubría cada fuente. En cada una, había tres platos diferentes. Para el postre había cinco.

–Por supuesto. Estos son solos míos –dijo Daisy tirando de la fuente de los dulces hacia ella.

–Ni lo sueñes. ¿Vamos a tener que pelearnos con las cucharas?

–Voy a ganarte, así que será mejor que te rindas ya.

–Tengo una idea mejor –dijo Felix–. Cierra los ojos.

–¿Para aprovecharte mientras espero mi turno? Ni hablar.

–Dejaré que seas la primera en probar cada plato –dijo y acercó su silla a la de ella–. Cierra los ojos y abre la boca.

–¿De verdad?

–Confía en mí.

Daisy tenía la impresión de que hablaba de algo más que de la comida.

Cerró los ojos y abrió la boca. Felix le dio un bocado de la mejor *panna cotta* que jamás había probado.

–¿Está bueno?

–Sí, más que bueno.

Él no hizo ningún comentario y se limitó a servir el café, echándose leche en el suyo. Había una pequeña bandeja de bombones para acompañar el café.

–A la vista de cómo tomas el café, asumo que tendré que cederte todo el chocolate.

–No, aunque estaré encantada de quitarte el bombón de chocolate blanco de las manos.

Él sonrió e insistió en meterle en la boca los bombones uno a uno. Cuando terminó, Daisy estaba a punto de derretirse. Entonces, la besó. Su boca cálida y dulce sabía a chocolate negro. Resultaba exigente y persuasivo a la vez. Daisy nunca se había sentido tan excitada en su vida.

–Oh, no se suponía que…

Felix sacudió la cabeza en un intento por aclararse. ¿Cómo había podido olvidarse con tanta facilidad? ¿Por qué estaba Daisy sentada en su regazo? ¿Y por qué tenía las manos en su cintura, sobre su piel desnuda?

Daisy se sonrojó y apartó las manos de su cuello.

–Lo siento.

Esperaba que no fueran lágrimas lo que asomaba en sus ojos. Estaba mirando hacia abajo y no podía comprobarlo.

Era evidente que la había avergonzado. Cuando empezó a apartarse, le puso una mano en un hombro impidiendo que se moviera.

–Daisy, no has sido tú. Es culpa mía.

–De acuerdo, lo entiendo.

¿Qué era lo que entendía? En aquel momento, Felix no entendía nada.

–Llamaré a un taxi desde abajo.

–No te vayas. Así, no –dijo él y apoyó la frente en su hombro–. Perdóname por presionarte, pero compartir contigo esos chocolates de esa manera... Lo siento, debería haber mantenido las manos lejos de ti, pero tienes algo que me resulta irresistible –añadió y, a pesar de sus palabras, le apartó el jersey para besarla en el hombro–. Esta clase de cosas no me pasan.

–¿Por qué no?

La pregunta lo pilló por sorpresa y volvió a levantar la cabeza para mirarla a los ojos.

–No te entiendo –dijo él.

–Teniendo en cuenta lo guapo que eres, las mujeres caerán rendidas a tus pies.

Felix sabía que la principal razón por la que las

mujeres se sentían atraídas por él era por su dinero. Había aprendido aquella lección de Tabitha: «Me gusta el estilo de vida que puede proporcionarme». Pero no le había amado.

–Apenas.

–¿De veras esperas que me crea eso? Una sonrisa tuya y a la mayoría de las mujeres se les revolucionarían las hormonas.

–Excepto a ti –dijo acariciándole con un dedo el mentón–. Porque tú no eres como el resto de las mujeres.

–No soy femenina ni cursi.

–No es eso lo que quería decir –dijo sacudiendo la cabeza desesperado–. Esto es ridículo. Se supone que se me da bien expresarme, pero contigo soy incapaz de pensar con claridad –tomó aire–. Solo puedo pensar en lo mucho que te deseo. Y creo que tú a mí también.

Ella se estremeció.

–Sí.

–Tenerte tan cerca me está volviendo loco –dijo acariciándole el escote–. Daisy, tu piel es tan suave… Me alegro de que no lleves ese collar.

–También era prestado –admitió–. No hago esta clase de cosas, Felix, no tengo aventuras disparatadas. Soy Daisy Bell, la que se pasa el día arreglando máquinas cubierta de grasa.

–A mí tampoco me gustan las aventuras. Suelo pasar el día estudiando balances y analizando el empresas para ver cómo pueden mejorar. Aunque sí tengo citas de vez en cuando.

–¿De vez en cuando?

No parecía creerlo.

–Está bien, tengo muchas citas, pero nada serio. Y no suelo acostarme con alguien a quien hace tres días que conozco. Esto está yendo demasiado deprisa.

–Entonces deberíamos detenerlo inmediatamente.

–Sí, aunque tengo la impresión de que este sentimiento no podemos pararlo.

–¿Qué sugieres?

–Ninguno de los dos tiene otra relación, así que nada nos impide ver adónde nos lleva esto. Y sí, sé que deberíamos estar hablando de negocios y diseñando un plan para salvar el parque de atracciones. Pero somos adultos, Daisy. Podemos llevar una relación profesional en el parque y mantener al margen lo que sea que hay entre nosotros.

–¿De veras?

No parecía tan segura.

Felix la besó en la comisura de los labios.

–Tal vez ninguno de nosotros está en condiciones de tomar una decisión ahora mismo, así que seamos prudentes. Vas a sentarte en esa silla y voy a pedirte un taxi. Mañana hablaremos de la mejor manera de olvidarnos de esta cosa de locos para que nuestra relación laboral vuelva a ser cómo debiera.

Mientras hablaba, pensó en las posibles soluciones: una relación sin ataduras o un montón de largas duchas frías.

Capítulo Seis

El jueves por la mañana, Daisy llegó pronto y pasó por la cafetería para ofrecerse a hacer la ronda del té. Dejó a Felix, que estaba usando su despacho, para el final.

—Hoy te traigo yo el té.

—Gracias —dijo él sonriendo.

Una sensación de calor se le propagó por el vientre. Sería muy sencillo acercarse a él, sentarse en su regazo y rodearlo por el cuello, tal y como había hecho la noche anterior. Deseaba besarlo hasta quedarse sin respiración y sentir que la cabeza le daba vueltas.

Los ojos de Felix se oscurecieron. Bajó la mirada a su boca y Daisy adivinó lo que estaba pensando.

Pero Bill estaba en el despacho de al lado y su puerta no tenía pestillo. Tendría que dar muchas explicaciones si alguien los encontraba en situación comprometida. Tenían que ser cuidadosos.

—¿Has tomado una decisión?

—¿Sobre qué?

—Sobre lo que hablamos —contestó entornando los ojos.

—¿El parque de atracciones? Todavía no. Quiero revisar unos números y estudiar algunas ideas.

Por el amor de Dios, sabía exactamente a lo que se refería.

–¿Tengo que deletreártelo?

Los ojos de Felix se oscurecieron aún más y se humedeció el labio inferior.

–Ah, sí, esa cosa de locos. He estado pensando en ello, pero no he encontrado una solución.

–Pensé que eras el arreglalotodo.

–Y yo también, pero es evidente que estoy fallando.

–Podríamos ignorarnos.

–Eso no va a funcionar –dijo él.

Sabía que tenía razón y eso le fastidiaba.

–Entonces, ¿tienes una idea mejor?

–Bueno, sí, tengo una idea –contestó, y sus ojos centellearon–. No puedo ofrecerte nada con futuro. Y si alguien le hiciera la sugerencia que tengo en la cabeza a una de mis hermanas, tendría una charla con él.

–¿Acaso crees que tus hermanas no son capaces de ocuparse de sus cosas? –preguntó ella frunciendo el ceño.

–Sí, pero soy su hermano.

–Eso es machista.

–No, es cuidar de mis hermanas y asegurarme de que nadie se aproveche de ellas –replicó–. Me enseñaron buenos modales y no es eso precisamente lo que tengo en la cabeza.

Una aventura, pensó ella. Era lo mismo que le había ofrecido a otras mujeres.

–Bueno, tengo cosas que hacer. Nos veremos

luego –dijo haciendo acopio de fuerza de voluntad.

Había intentado hacer lo correcto y no herirla, pensó Felix con remordimientos, pero al final, le había hecho daño. Lo había visto en sus ojos.

Recordó su conversación y siguió sin entenderlo. Había sido honesto. ¿Qué problema había en eso? Hablaría con ella más tarde y averiguaría qué era lo que le había molestado, para disculparse. Dar vueltas a las cosas no le ayudaría con todo aquel papeleo que tenía delante ni le procuraría la información que necesitaba para lograr salvar el parque de atracciones.

Después de pasar la mañana revisando números y haciendo llamadas, seguía preocupado. Decidió acercarse a la cafetería para comprar unos brownies antes de ir al taller.

Al llegar al taller, no oyó a nadie cantar. Bill le había dicho que aquello no era una buena señal. Realmente la había disgustado, a pesar de que no había sido su intención.

Titan miró esperanzado la bolsa.

–Hoy no hay nada para ti, muchacho –dijo Felix, y acarició al gato entre las orejas–. ¿Puedes avisarla?

Titan maulló y cumplió con su habitual cometido.

–¿Puedo ayudarte? –dijo Daisy, quedándose al otro lado del motor.

–Vengo en son de paz –dijo ofreciéndole la bolsa.

Ella miró el interior y arqueó una ceja.

–Gracias.

–Escucha, Daisy, no era mi intención disgustarte esta mañana. No pretendía molestarte.

–Ya.

–No sé leer los pensamientos, ¿qué puedo decir?

–Nada –dijo ella alzando la barbilla.

–Eso es lo que dicen mis hermanas cuando están muy enfadadas y me fastidia –dijo apoyándose en el motor–. Bueno, eliges tú. Puedes seguir enfadada o decirme qué es lo que te ha molestado para que pueda disculparme, como tú quieras.

Se quedó en silencio y al cabo de unos segundos se mordió el labio.

–Ibas a proponer que tuviéramos una aventura.

–Ya te he dicho que no pretendía molestarte, por eso no lo propuse.

–Así que no era…

–¿No era qué?

–Nada –dijo sacudiendo la mano–. Tienes razón. Es mejor ser sensatos. Los trajes nunca han sido mi estilo.

Entonces, Felix cayó en la cuenta. Daisy tenía la misma expresión que la noche anterior, cuando después de besarla, se había apartado. Pensaba que no era su tipo. Pensaba que la estaba rechazando.

–Daisy, ¿crees que pienso que no eres mi tipo?

–No –contestó ella.

Sabía que no decía la verdad porque no lo había mirado a los ojos. Rodeó el motor hasta llegar a su lado.

–Muy bien, dime cuál es mi tipo.

–Elegante, coqueta, el tipo de mujer que no pide prestado un vestido para ir a un hotel lujoso –dijo ella evitando su mirada.

–¿Crees que me dejo llevar por la primera impresión?

–¿Y no es así? –dijo ella levantando la barbilla.

–No –dijo él molesto–. Me gusta profundizar. Y para que lo sepas, no hace falta llevar un vestido para ser femenina. Eres femenina incluso cuando llevas los monos de trabajo y ocultas tu pelo bajo las gorras.

Se quedó sorprendida y luego lo miró incrédula.

–Pretendo ser honesto, pero me lo estás poniendo muy difícil. Veo en tu cara que piensas que le estoy dando la vuelta a las cosas y quiero demostrarte que no es así –dijo tomando su rostro entre las manos.

Luego acercó la boca a la de ella, y cuando sus labios se abrieron, empezó a besarla exigiendo una respuesta.

Daisy dejó que la besara y lo rodeó por el cuello, mientras él la tomaba por la cintura.

–¿Me crees ahora? –preguntó al levantar la cabeza.

–Sí –respondió aturdida.

–Creo que alguien muy estúpido se aprovechó de ti. Y creo que también pensó que tu trabajo era una amenaza y que la única forma de sentirse bien era menospreciándote constantemente. Así que te dejó porque no llevabas maquillaje ni tacones como las novias de sus amigos.

Ella se movió ligeramente, lo suficiente como para que supiera que tenía razón.

–Estaba equivocado, muy equivocado. Eres brillante y, por lo que he visto, tu trabajo es perfecto para ti. Te morirías de aburrimiento si fueras ama de casa –dijo sin dejar de sonreír–. Aunque a juzgar por lo desordenado que tienes el despacho, necesitas una asistenta.

–No soy tan desastre. Sé dónde está todo. ¿Qué problema hay?

–Yo soy un maniático del orden. Esta mañana tuve que contenerme para no ordenarte el despacho.

–Es mi despacho –dijo ella sonrojándose.

–No te preocupes, no toqué nada.

Ese era precisamente el dilema en lo que a Daisy se refería. Quería tocarla, saborearla.

–¿Qué vamos a hacer? –preguntó él acariciándole el labio inferior.

–Tal vez… te gustaría cenar conmigo esta noche. En mi casa.

–Lo siento, no puedo. Vuelvo a Londres esta tarde. Necesito pasar un par de días en mi despacho para resolver unos asuntos.

Daisy se encogió de hombros.

–Tengo pensado volver a Suffolk el domingo por la noche. ¿Podemos dejar la cena para entonces? –preguntó Felix.

Se quedó mirándolo unos segundos antes de asentir.

–Muy bien.

–¿A qué hora?

–A las siete y media.

–De acuerdo. Te veré a la vuelta.

El viernes, Felix estaba trabajando en su despacho, pero estaba ausente. Echaba de menos a Daisy, lo cual era ridículo. Apenas hacía una semana que la conocía y la había visto por última vez hacía menos de veinticuatro horas. ¿Cómo podía estar echándola de menos?

Pero así era. Aunque su cabeza le decía que le vendría bien para recuperar el sentido común pasar unos días en Londres lejos de ella, su instinto opinaba otra cosa diferente.

Tal vez solo necesitara aire fresco para aclararse las ideas pero el paseo acabó llevándolo a una bombonería cercana. Un cartel en el escaparate anunciaba que podían poner cualquier mensaje en chocolate. Dejándose llevar por un impulso, entró.

–¿Sería posible que fuera una foto en vez de un mensaje?

–Claro –dijo sonriendo la muchacha de detrás del mostrador.

–¿Y podría enviarse por mensajero para que llegase mañana?

–Sin problema.

–También quisiera añadir un mensaje.

–Claro, señor.

–Estupendo.

Le dijo lo que quería que pusiese, pagó y garabateó un breve mensaje en el dorso de una tarjeta antes de darle la dirección de Daisy en el parque de atracciones.

El sábado por la mañana, Bill salió de su despacho para ir al taller.

–Ha llegado algo para ti.

Daisy no recordaba haber pedido nada. Frunciendo el ceño, se limpió las manos y abrió la caja. Había una enorme plancha de chocolate blanco decorada con un antiguo tiovivo en chocolate con leche y pequeños puntos rojos a modo de luces. Era la cosa más bonita que había visto jamás.

También había una tarjeta de Felix.

De repente, la emoción desapareció. Le había mandado un regalo precioso, demostrando incluso que se acordaba de que el chocolate blanco era su favorito, pero no le había enviado ningún mensaje. Solo la tarjeta. Suponía que había tenido tiempo de pensar y que su relación debía ser exclusivamente profesional.

Probablemente le había pedido a su secretaria que le mandara el chocolate en vez de hacerlo él mismo. Después de todo, tenía una agenda muy apretada. Había sido tonta por echarle de menos, por pensar que había visto algo en ella.

–¿Qué es esto, algo que quieres que vendamos en la tienda? –preguntó Bill interesado.

Daisy le enseñó el chocolate y se esforzó para que su voz sonara indiferente.

–Lo envía Felix. Y puede ser una buena idea. Podemos vender algo así en la tienda, aunque más pequeño para que resulte asequible.

–Estoy de acuerdo –convino Bill sonriendo, añadió–: Siendo de chocolate blanco, supongo que no llegaremos a probarlo.

Era incapaz de comérselo en aquel momento porque se atragantaría. Sonrió. No quería preocupar a Bill.

–No soy tan egoísta, Bill. Llévalo a la oficina y repártelo, pero déjame un poco, ¿eh? Le mandaré un mensaje a Felix para decirle que nos gusta la idea.

Dejó caer la tarjeta de Felix al sacar el teléfono móvil del bolso y, al hacerlo, vio algo escrito en el dorso: «Vi esto y me acordé de ti».

Así que lo había encargado él. La única pregunta que quedaba era si se refería a ella o al parque de atracciones.

En vez de mandarle un mensaje de texto, decidió llamarlo.

–Gisbourne –dijo él al contestar.

Volvía a ser el empresario formal y no el hombre que la había besado.

–Hola, soy Daisy. Seré rápida. Solo quería darte las gracias por el chocolate. Bill está de acuerdo en que es una buena idea para vender en la tienda, aunque en tamaño pequeño.

–Estupenda decisión –dijo él en tono frío.

–Siento interrumpirte. Te dejo.

–No, Daisy, espera. No lo he mandado para el parque de atracciones, te lo he mandado a ti. Pensé que te gustaría.

De repente se le hizo un nudo en la garganta.

–¿Daisy, sigues ahí?

–Sí. Gracias, me ha gustado mucho –dijo, y respiró hondo, obligándose a sonar profesional–. No te entretengo más. Hasta mañana.

–¿A las siete y media?

–A las siete y media.

El domingo por la mañana, Daisy estaba trabajando en su despacho cuando llamaron a la puerta.

Levantó la mirada y vio a Felix. Estaba muy guapo, con unos pantalones negros, una camisa con las mangas remangadas y unas gafas oscuras.

Por un momento fantaseó con la idea de levantarse y arrojarse a sus brazos, pero sabía que se apartaría, así que se quedó donde estaba.

–Hola, pareces un turista.

–Lo soy –dijo sonriendo–. Hola.

–Hola.

–Es la una.

–Lo sé.

–Conociéndote, no habrás hecho un descanso todavía.

–Estoy bien. Me tomaré un sándwich más tarde.

–No, vas a tomarte un respiro ahora mismo.

–¿Ahora me das órdenes?

–Tienes dos opciones. Puedes venir conmigo sin protestar o venir gritando y pataleando. De una manera o de otra, vas a salir de aquí cuarenta y cinco minutos.

–Treinta.

–Cuarenta y cinco.

Ante su insistencia, a Daisy le pareció más adecuado ceder y dejó que la llevara a la cafetería, en donde se hicieron con sándwiches y frutas. Se sentaron en una mesa de picnic a comer y disfrutar del sol, y después Daisy accedió a pasear por el parque.

–Es trabajo –dijo él–. Tenemos que asegurarnos de que los clientes están contentos, comprobar lo que les gusta y lo que no.

Le había contado que la góndola era su atracción favorita, así que no se sorprendió cuando se pararon a hacer fila. Era la atracción más popular y tuvo que sentarse a su lado en vez de enfrente. Discretamente, ocultas sus manos, Felix entrelazó los dedos con los suyos.

–Llevamos separados tres días, tiempo suficiente para haber recuperado el sentido común.

–¿Lo has conseguido? –preguntó ella.

–No. ¿Y tú?

–Tampoco.

–Entonces, deberíamos intentarlo al revés.

Daisy tragó saliva. Tenía el estómago hecho un manojo de nervios.

–¿Estás sugiriendo que tengamos una aventura?

–Estoy sugiriendo que disfrutemos de esto que hay entre nosotros.

–¿Por cuánto tiempo?

–Hasta que consigamos superarlo –contestó él encogiéndose de hombros.

–¿Y el parque de atracciones? –preguntó ella.

–Es un asunto aparte. Esto es entre tú y yo.

Daisy respiró hondo.

–¿Cuándo quieres que empecemos?

–La cena que habías planeado para esta noche… ¿Podemos dejarla para mañana?

Ella asintió.

–Entonces te recogeré esta noche. Cenaremos y daremos un paseo por la playa.

–Así que empezará en tu hotel.

–Territorio neutral.

Tenía sentido, pero aun así necesitaba saber por qué.

–¿Qué hay de malo en mi casa?

–Nada, pero vives en un pueblo. La gente verá mi coche aparcado en la puerta de tu casa y empezarán a rumorear, a hacer preguntas. Prefiero que esto quede entre nosotros.

Ella se mordió el labio.

–¿A qué hora?

–A las siete y media. Así tendrás tiempo de hacer lo que tengas que hacer.

Volver a casa en bicicleta, ducharse, cambiarse, dar de comer a Titan…

–De acuerdo –dijo, y respiró hondo–. Si vamos a ir a tu hotel, tendré que ponerme un vestido.

Él sonrió.

–No, ponte lo que quieras. Si te parece bien, podemos dar antes un paseo y luego cenar en la terraza.

La última vez habían acabado besándose allí. Esta vez no tendrían que parar. La adrenalina se le disparó al pensarlo.

–Está bien –dijo con voz quebrada.

–Entonces, tenemos una cita.

A las siete y media en punto, Felix llamó al timbre. Daisy abrió. Parecía algo azorada.

–Puedo volver más tarde si necesitas más tiempo.

–No, está bien.

Se había puesto unos pantalones y una blusa negros y una chaqueta de punto roja.

–Estás muy guapa.

–Gracias.

Parecía estar tan nerviosa como él. Esperó a que cerrara con llave la puerta y luego la acompañó al coche. De vuelta en el hotel, se dirigieron a la playa. El sol había empezado a ponerse y el mar estaba en calma.

–¿Quieres remar?

–No llevo ropa adecuada. Además, no te imagino remando. Te ensuciarías.

–¿Crees que me da miedo ensuciarme?

–Eres un maniático del orden, Felix. Todo tiene que estar limpio y ordenado en tu mundo.

No había ningún orden en lo que sentía en aquellos momentos. Estaba hecho un manojo de nervios. Una mezcla de necesidad y deseo, combinado con la preocupación de que aquello fuera a ser un gran error para ambos. Pero no se le ocurría otra solución para sacársela de la cabeza.

–Todo no –dijo él.

–¿No? Demuéstramelo.

La tomó entre sus brazos y la besó. Fue un beso ardiente e intenso, al que ella correspondió.

Cuando por fin se separaron, ambos estaban temblando.

–¿Te ha parecido lo suficiente caótico?

–Sí.

Podía ver en su cara el mismo deseo que lo invadía. Dejó caer los brazos a los lados y la tomó de la mano para volver al hotel. Atravesaron el vestíbulo hasta el ascensor. Ninguno de los dos dijo nada mientras las puertas se cerraban. Felix se quedó mirando sus labios y al levantar la vista un instante, comprobó que ella también observaba su boca.

Cada vez le resultaba más difícil respirar. Las puertas del ascensor se abrieron y caminaron hasta la puerta. Felix metió la llave en la cerradura, haciendo un esfuerzo para que no le temblaran las manos.

Nada más cerrarse la puerta, la tomó en sus brazos.

Su boca se unió a la suya y ella le devolvió el beso como si no pudiera saciar la sed que sentía por él. Felix no supo quién empezó a desvestir a quién, pero enseguida se encontraron junto a su cama. Daisy estaba en bragas, luchando por desabrocharle el botón de los pantalones.

Se sentía como si tuviera dieciocho años y estuviera haciendo el amor por primera vez.

Tenía que ir más despacio por el bien de ambos. Pero entonces Daisy le deslizó los dedos por el pecho, obligándole a hacer lo mismo con sus senos. La perfección de sus curvas era demasiado para él.

Se arrodilló ante ella y le tomó un pezón en la boca. Daisy gimió de placer y echó la cabeza hacia atrás. Era muy receptiva a sus caricias, y eso le gustó a Felix. Siguió besándola por el costado hasta llegar al ombligo. Quería más, mucho más. Quería acariciarla, saborearla y hundirse dentro de ella. Quería ver su mirada desorientada después de hacerle el amor.

Y todo lo quería en aquel momento.

Le deslizó la mano entre los muslos y Daisy se estremeció.

—Felix.

Acarició su sexo, sintiendo el calor que irradiaba. Era el mismo calor que generaba su cuerpo. Poco a poco le quitó las bragas y le acarició con un dedo el clítoris. Ella gimió y tensó los dedos en su pelo.

—Sí, sí.

Daisy separó un poco las piernas y él aprovechó para introducirle un dedo. Felix se regocijó al escuchar que su respiración se aceleraba. No dejó de excitarla hasta que sintió que su cuerpo temblaba. Entonces, se puso de pie, la tomó en brazos y la colocó sobre las almohadas. Lentamente se quitó los calzoncillos, sin dejar de mirarla a los ojos mientras lo hacía. Daisy se sonrojó, pero sus ojos eran puro jade, señal de que estaba tan excitada como él.

Le levantó una pierna y la besó en el tobillo, manteniendo su mirada. Daisy estaba aferrada a las sábanas y su respiración era entrecortada. Para prolongar el tormento, Felix fue subiendo poco a poco por el muslo y luego se inclinó para poder deslizar la lengua lentamente por su sexo.

Daisy gimió y echó la cabeza hacia atrás, arqueando el cuerpo para facilitarle el acceso. Felix le lamió el clítoris con la punta de la lengua hasta hacerla temblar y luego le metió un dedo.

Continuó besándola hasta llegar a sus labios.

–Felix, yo…

–Es un placer, pero todavía no he terminado. Queda mucho y vamos a disfrutar.

Sacó la cartera del bolsillo de sus pantalones y extrajo un preservativo. Abrió el envoltorio y se lo puso antes de arrodillarse ante sus muslos otra vez.

–¿Te parece bien?

Sería un tormento detenerse en aquel momento, pero necesitaba asegurarse de que ella lo deseaba tanto como él.

Después de que Daisy asintiera, acercó la punta

de su miembro y lentamente la penetró hasta quedar completamente dentro de ella, rodeado por la cintura con sus piernas.

Aquello era éxtasis en estado puro y sin adulterar.

Daisy había supuesto que Felix sería muy bueno haciendo el amor, pero lo había subestimado. No había imaginado que fuera un amante tan generoso, anteponiendo su placer al de él.

Arqueó la espalda y lo atrajo más fuerte.

—Me gusta —dijo él con voz profunda y sensual.

—A mí también —susurró ella.

Encajaban a la perfección. La primera vez no debería ser así. Debería ser un encuentro torpe, sin que ninguno de los dos supiera cómo dar placer al otro y tuvieran que ir adivinando. Pero aquello era increíble, como si ya estuvieran en sintonía. O Felix tenía mucha experiencia o aquello era especial.

La besó con intensidad y empezó a moverse, cambiando el ritmo y la fuerza de sus embestidas. Sorprendentemente, empezó a sentir la tensión de nuevo. Nunca antes se había corrido dos veces tan seguidas.

Estaba a punto de hiperventilar cuando alcanzó el orgasmo de nuevo.

—Felix —susurró.

Luego, él se quedó quieto, disfrutando del placer, antes de quitarse el preservativo y abrazarla.

Se sentía muy cómoda con él sin necesidad de palabras. Le gustaba charlar con él, pero también era agradable estar a su lado en silencio.

Justo entonces, el estómago le rugió.

Daisy cerró los ojos y se sonrojó avergonzada.

—Lo siento.

—Es culpa mía. Se supone que iba a llevarte a cenar.

—No podemos bajar a cenar. No sé dónde está mi ropa.

Él rio y se incorporó, apoyándose en un codo para mirarla.

—Yo tampoco sé dónde está la mía —dijo, y la besó—. Iré a buscarlas. Vete pensando qué te apetece comer para llamar al servicio de habitaciones.

—Felix, no puedo creer que acabemos de… —dijo, y se mordió el labio—. Apenas nos hemos dicho nada.

—Hablar no era lo que tenía en mente. Y creo que tú tampoco.

—No.

—¿Acaso es un problema?

No estaba segura. En algún momento iban a tener que hablar de aquello, decidir qué era lo que querían hacer.

—Escucha, hay un menú en el cajón. Elige lo que quieras, pero te sugiero que sea algo frío.

—¿Algo frío?

—Por si acaso nos distraemos.

Sabía que se refería a hacer el amor antes de comer y se sonrojó.

–Mientras tanto, yo recogeré nuestra ropa –dijo, y se levantó de la cama desnudo.

Daisy no pudo apartar la vista de él. Vestido estaba muy guapo, pero desnudo era magnífico. Los hombros anchos y los abdominales marcados eran la muestra de que hacía ejercicio con regularidad.

No había dejado de pensar en él ni siquiera para sacar el menú, cuando Felix volvió a la cama con un montón de ropa, suya y de él, mezclada.

–¿Ya sabes lo que quieres?

–Eh, lo siento.

Sonrió travieso, dejó la ropa en la cama y sacó el menú del servicio de habitaciones del cajón.

–Toma, echa un vistazo.

No pudo evitar observarlo mientras doblaba la ropa. Ambos seguían desnudos y estaba muy excitada. Era evidente que una sola vez no había sido suficiente.

Cuando terminó, se sentó a su lado.

–Muy bien. ¿Qué vas a tomar?

–¿Qué sugieres?

Felix la besó detrás de la oreja.

–Muchas cosas. Pero prometo que antes te dejaré comer. ¿Qué te parece si pedimos una ensalada de pollo y nos damos una ducha mientras esperamos?

–Suena bien.

Ducharse con Felix fue todo un placer. Daisy disfrutó enjabonándolo y recorriendo todas sus curvas, pero disfrutó aún más cuando llegó el turno de que él la explorara.

Acababan de empezar a vestirse cuando llamaron a la puerta.

Felix tomó un jersey de cachemir del armario y se lo puso. Luego fue hasta la puerta de la habitación subiéndose la cremallera del pantalón y la cerró al salir. Cuando volvió, Daisy ya se había vestido.

—La cena está servida —dijo con una sonrisa, mientras salían a la terraza.

Había una vela de olor a vainilla en medio de la mesa. Era maravilloso poder sentarse allí a contemplar cómo caía la noche.

—Esto es precioso, Felix.

—Lo siento, debería habértelo preguntado. ¿Quieres vino?

—No, pero no te prives por mí.

—Te llevaré a casa —dijo él.

Así que no iba a pedirle que se quedara. Estaba molesta consigo misma por sentirse decepcionada. ¿Qué esperaba? Era una aventura sin sentido, no el principio de una relación. Debería sentirse aliviada. Aquella historia tenía fecha de caducidad y ninguno iba a resultar herido.

La comida fue fabulosa, pero lo mejor de todo fue el pudin de chocolate blanco y frambuesa, uno de los mejores que había probado.

—Felix Gisbourne, eres un hedonista.

—Tú has acabado el tuyo antes —señaló él.

Su mirada era muy oscura y su expresión indescifrable. No tenía ni idea de lo que él estaba pensando o sintiendo.

—Respecto a lo nuestro, ¿todo bien?

—Depende de lo que entiendas por bien —dijo él.

—¿Has satisfecho tu curiosidad?

—¿Y tú?

No, pero no quería parecer desesperada.

—He preguntado yo antes.

—No del todo.

—Yo tampoco. ¿Qué hacemos ahora?

—Lo que tú quieras. Podemos dejarlo o…

Daisy sintió presión en el pecho.

—¿O?

—Seguir adelante, ver adónde nos lleva todo esto. Pero que quede entre nosotros.

Sabía que debían ser discretos. Ninguno de los dos estaba preparado para compartirlo con el mundo. Ninguno de los dos sabía adónde les llevaba aquello. Daisy no pudo evitar preguntarse si acabaría pensando, al igual que sus ex, que no era lo suficiente femenina.

De repente, Felix tiró de ella y la hizo sentarse en su regazo.

—¡Felix!

—Te has quedado pensativa. ¿Cuál es el problema?

—Ninguno.

—Puedes contármelo.

—No, no es nada. Tienes razón.

—Mi madre cree que me he quedado solterona y que nunca me casaré. Está desesperada por no tener nietos.

–Pensé que tu hermano Ben tenía hijos.

–Y así es, pero soy la única chica. Quiere que siente la cabeza.

–Dímelo a mí –dijo él–. Mi madre siempre está haciendo fiestas para que conozca mujeres y salga con alguna de ellas –dijo sonriendo.

–¿No quieres casarte?

–No quiero sentirme atrapado –respondió en tono frío.

–¿Te ha pasado algo, Felix?

–Nada –contestó él apartando la mirada.

Sí, claro. Su respuesta era tan sincera como había sido la de ella. Justo antes de que apartara la mirada, había visto algo en sus ojos. Algo o alguien le había metido miedo con el matrimonio.

Sabía que si insistía en aquel momento, no obtendría respuesta. Así que esperó a que fuera él el que rompiera el silencio.

–No todo el mundo quiere sentar la cabeza –dijo Felix al cabo de unos segundos–. ¿Qué hay de malo en querer divertirse? ¿No eres tú la mujer que dedica su vida a poner un poco de diversión y entretenimiento en la vida de las familias?

–Desde luego. Yo tampoco quiero casarme.

–Entonces, elijo diversión. Tú y yo podemos pasarlo bien hasta que uno de los dos se canse.

–Hasta que uno de los dos se canse –repitió ella.

Capítulo Siete

El lunes por la tarde, Titan hizo su rutina de perro guardián y Daisy apareció de debajo del motor para encontrarse con Felix.

–Hola –dijo, no muy segura de cómo comportarse.

Felix había hablado de no mezclar lo profesional con lo personal, así que, ¿qué estaba haciendo allí? ¿Sería un asunto de negocios? El brillo de sus ojos la hizo estremecerse. Tuvo que controlarse para no lanzarse a sus brazos y besarlo.

–Te necesito para una reunión –dijo él sonriendo.

–¿Una reunión?

–Con Bill –explicó.

–¿Has tomado una decisión sobre el parque de atracciones?

–Sí, por eso vamos a tener la reunión.

–Recuérdame que no juegue nunca al póquer contra ti.

–Cobarde –dijo acercándose, y le robó un beso–. Vamos, que empiece el espectáculo.

Si se tratara de una negativa a invertir, no estaría tan tranquilo, ¿no?

Daisy no sabía qué pensar, así que se limpió las

manos y lo siguió a las oficinas. Bill tenía una fuente de brownies en su despacho. Daisy preparó café porque no podía soportar la intriga y necesitaba tener algo en las manos.

Cuando llevó las tazas al despacho de Bill, Felix le hizo una señal para que se sentara en el sitio libre.

–Todos sabemos por qué estoy aquí, así que vayamos al grano. Llevo una semana analizándolo todo. El personal es fantástico: saben lo que el público quiere y se lo dan. El concepto de museo funciona porque es novedoso e interesa al turismo. Además, está bien dirigido.

Había algo que no estaba diciendo. Daisy podía adivinarlo en sus ojos.

–¿Pero…?

–Necesitáis hacer algunos cambios si queréis aumentar los beneficios. Es cuestión de usar mejor los recursos. Daisy, como ya hemos comentado, tienes que revisar la tabla de precios y considerar tener un pabellón para poder ofrecer otras actividades. También deberíais ofrecer productos tanto en la página web como en la tienda.

–Son tres aspectos que tenemos que considerar –dijo Bill tomando notas en un cuaderno.

–No hace falta que tomes notas, Bill –dijo Felix–. Te daré un informe con mis recomendaciones. Hay otra más que puede resultar difícil de afrontar, pero de la que hay que hablar. Cuanto antes, mejor.

Daisy intercambió una mirada de preocupación con Bill.

—¿De qué se trata? —preguntó Bill.

—Hay que preparar la sucesión. Bill, tienes que pensar en lo que vas a hacer cuando te jubiles. Si quieres que Bell´s continúe igual, vas a tener que hablar con un abogado para que el museo pase de ser una colección privada a una fundación benéfica. Si no lo haces, cuando mueras tus herederos tendrán que pagar el impuesto de sucesiones y eso puede suponer tener que liquidar algunos activos para poder pagarlo.

—¿Te refieres a vender alguna de las atracciones? —dijo Daisy.

—Así es. Tal y como está la economía, la gente está invirtiendo en bienes tangibles y los precios están subiendo. Eso quiere decir que lo que se paga por impuestos también sube.

—¿También recomiendas buscar inversores? —preguntó Daisy.

—Eso depende. Si pasáis a ser una organización benéfica o una sociedad fiduciaria en vez de una colección privada, podréis acceder a ayudas y será más fácil que encontréis patrocinadores. Tenéis muchos voluntarios, pero no un programa de fidelización. La gente que lleva esos programas suele ser muy buena recaudando fondos. Necesitáis ese dinero para cubrir los costes de restauración y para comprar nuevas atracciones.

—¿Y si seguimos como colección privada como hasta ahora?

—Entonces necesitaréis un inversor que aporte los fondos necesarios para crecer.

–O un patrocinador –dijo Daisy–. ¿Lo has tenido también en cuenta?

–Si ese es el camino que elegís, puedo ayudaros a organizarlo. Lo que tenéis que hacer es hablarlo entre vosotros, tomar una decisión y luego contármela. Estoy trabajando en otros proyectos, pero puedo dividirme y, durante un mes, pasar en Londres de miércoles a viernes y el resto del tiempo aquí.

–Eso sería maravilloso –dijo Bill.

Y cuando terminará el mes, ¿qué? ¿Volvería a ser la suya una relación estrictamente de negocios?

–La conclusión es que –continuó Felix– Bell´s tiene futuro y podéis decirle a todos que dejen de preocuparse.

Bill abrazó a Daisy y luego le estrechó la mano a Felix.

–Gracias. No tienes ni idea de lo que esto significa para nosotros.

–Ahora, os dejaré para que habléis. Yo volveré al hotel y nos veremos mañana –dijo mirando a Daisy–. Te ayudaré en la cocina antes de irme.

En otras palabras, quería hablar a solas con ella. Los latidos se le aceleraron.

–Claro.

–¿Vas a hacer algo esta noche? –preguntó él una vez solos.

–No tengo planes. Si quieres que prepare en mi casa la cena que te debo…

–Sí, me gustaría –dijo, y después de comprobar que no había nadie a su alrededor, le robó un beso.

El timbre sonó justo a tiempo. Felix no debía de haber llegado nunca tarde a nada.

–Para ti –dijo Felix, y le dio una botella de vino y una caja de bombones.

–Gracias, pasa.

–¿Puedo ayudar en algo? –preguntó siguiéndola a la cocina.

–Está todo hecho, pero puedes abrir el vino.

Le dio un sacacorchos y después de que abriera la botella, Daisy sirvió dos copas.

–Por el parque de atracciones –dijo él alzando la copa.

–Y por ti –dijo ella levantando la suya.

Sacó unos platos del horno y puso un trozo de salmón en el bol de Titan.

Luego sacó el resto de paquetes de papel aluminio del horno y puso al lado espárragos, patatas y champiñones, antes de llevar los platos a la mesa.

–Pensé que no sabías cocinar –dijo Felix.

–Envolver cosas en papel de aluminio y meterlas en el horno no es exactamente cocinar.

–A mí no me parece mal –dijo sonriendo–. Me gusta tu cocina.

–Gracias, a mí también me gusta mi casa. Aunque sea pequeña, es perfecta para mí. He pasado muchos años en esta cocina, escuchando las historias de mi abuela sobre el parque de atracciones.

–¿Era su casa? –preguntó Felix.

–Me la dejó, junto con una carta. Decía que había ayudado a mis hermanos a pagarse la universidad y a comprarse su primer coche y, como yo no fui a la universidad y me dediqué al parque de atracciones, era su manera de ayudarme.

–¿Contenta?

–Sí y no. Ya sabes cómo son las cosas de familia. A mí me ven como la niña pequeña y alocada que necesita que la cuiden. Lo que me vuelve loca porque no soy así.

–Así que te pones monos y trabajas arreglando motores para demostrarles que ni eres alocada, ni infantil, ni necesitas que nadie te cuide.

–Algo así. Me gusta lo que hago. ¿Qué me dices de ti?

–Me ven como un adicto al trabajo que se niega a cumplir con el deber de dedicarse a la empresa familiar y a sentar la cabeza y tener hijos.

–Ya sabes que dicen que los que trabajan mucho y descansan poco son unos aburridos.

Daisy esperaba que se burlara de su comentario. Sin embargo, Felix se quedó callado y se concentró en la comida.

¿Qué había dicho? Él mismo había admitido ser un adicto al trabajo. En parte quería preguntarle qué pasaba, pero tenía la sensación de que no se lo diría. Así que decidió dejarlo.

–Lo siento, no soy buena cocinera.

–Está bueno, Daisy. De verdad –dijo evitando mirarla.

–Felix, lo que he dicho antes… No pretendía

burlarme. Siempre se meten conmigo por trabajar tanto y lo odio, así que imagino que te pasará lo mismo.

—¿Quién se mete contigo?

—Mis padres, mis hermanos, mi cuñada… Dicen que debería tomarme días libres.

—¿No lo haces?

—Trabajo como mecánico en el parque de atracciones a tiempo parcial. El trabajo de oficina que hago es voluntario, así como las tareas de restauración. Nadie me obliga a hacerlo. Es mi herencia y es importante para mí. Y gracias a ti puedo seguir haciendo lo que me gusta.

—Claro.

No acababa de entender por qué se había quedado tan callado. No le había acusado de ser aburrido. Además, no lo era. Era dinámico, brillante e increíblemente sexy, y estaba segura de que lo sabía.

A menos que…

Un pensamiento incómodo se le formó en la cabeza. La noche anterior habían llegado a un acuerdo: hasta que uno de los dos se cansara.

—¿He de asumir que ya has recuperado tu sentido común?

—¿Y tú? —preguntó mirándola fijamente con sus ojos grises.

Podía mostrarse orgullosa y decir que sí, y ser ella la que pusiera fin a aquello. Pero tenía la sensación de que pasaba algo más, algo que no lograba entender.

–No. Tengo planeado presentarte a mi sofá. Pero si prefieres que no, lo entiendo.

–¿Ibas a presentarme a tu sofá?

–Con la condición de que no te metas conmigo por desordenada.

–¿Crees que lo haría?

–Fuiste tú el que se metió con mi mesa. ¿Por qué no vienes y me lo explicas en el sofá? –dijo, y dejó el bol de salmón frente al gato antes de acompañar a Felix al salón–. Ya te he advertido de que no soy ordenada.

Había papeles encima de los muebles y los DVD de música estaban apilados sin ningún orden. Felix los tendría organizados por orden alfabético.

–No he dicho nada. Es una habitación agradable.

–Me gusta.

–Bonito sofá.

–Está desordenado.

Había papeles por todas partes. Los recogió y los puso junto al ordenador, encima del mueble.

–¿Trabajo?

–Más o menos. Son documentos familiares. Estoy pensando en escribir la historia de Bell´s. Bill y mi padre me han dejado un montón de información, y tengo las cajas de fotos que mi abuela guardaba en el desván –dijo, y miró a Felix–. Le habrías gustado.

–¿Aunque sea tan quisquilloso?

–Le gustaba el orden.

–Una cualidad que tú no has heredado.

–En lo que a papeles se refiere, no. Pero tengo ordenado el taller.

–Solo para cumplir con la normativa de seguridad e higiene. Prefieres trabajar como mecánico que entre papeles, ¿verdad?

–Sí, pero no puedo dejárselo todo a Bill, así que hago parte.

Felix jugueteó con un mechón del pelo de Daisy.

–Antes de conocerte, pensaba que eras una cabeza hueca que llegaba tarde a las reuniones y que ligaba con los mecánicos.

–¿Ah, sí?

–Luego Bill me contó que eras la jefe de mecánicos, así que supuse que serías un marimacho con tatuajes y pendientes en la nariz. Y eso, a pesar de haber visto tu foto en el periódico y saber que no eras así.

–¿Quién dice que no tengo un tatuaje?

–Yo –dijo acercándose–. He recorrido cada centímetro de tu cuerpo.

Daisy sintió que se sonrojaba.

–¿Sabes lo guapa que estás cuando te pones roja?

Le robó un beso y luego otro y otro. Al cabo de un rato estaban tumbados en el sofá, con el muslo de Felix entre los de ella.

–Creo que somos demasiado mayores para comportarnos como unos adolescentes, teniendo en cuenta que tengo veintiocho años y tú algo más de treinta.

–Me temo que treinta y cuatro.

–Tienes buen aspecto para tu edad, abuelito.

–Sigue metiéndote conmigo y tendré que vengarme. Quizá acabes desnuda.

–Espero que sea una promesa, pero en un sitio más cómodo que en el sofá.

–¿Me estás haciendo proposiciones, Daisy Bell?

–Sí –contestó sonriendo.

–Está bien –dijo poniéndose de pie y tirando de ella–. Llévame a la cama, Daisy.

La habitación de Daisy no era como Felix la había imaginado. Las paredes eran de color crema, como el resto de la casa, y había una alfombra sobre el suelo de madera. En el centro de la estancia destacaba una enorme cama. Sobre la colcha había una manta de *patchwork*, que suponía era una reliquia familiar, y un puñado de coloridos cojines.

–Es increíble. Te quiero desnuda en esa cama ahora mismo.

–Un momento.

Corrió las cortinas y luego volvió junto a él. Felix tiró de su mano y la besó apasionadamente. Ella respondió inmediatamente, hundiendo los dedos en su pelo y estrechando el cuerpo contra el suyo.

Él le desabrochó el pantalón, disfrutando de la calidez y la suavidad de su piel. Después le quitó la camiseta.

–Suponía que llevabas un sujetador a juego. Me gusta, me gusta mucho –dijo besando los bordes del sujetador.

–¡Felix! –exclamó al sentir sus labios sobre un pezón.

–¿Todo bien? –preguntó él deteniéndose.

–Sí, muy bien.

Por su voz supo que le estaba gustando lo que le estaba haciendo. Bien. Quería excitarla hasta el punto de hacerle perder la cabeza.

Se tomó su tiempo para arrodillarse ante ella y lentamente bajarle los vaqueros por las caderas, los muslos, las rodillas… Le besó los tobillos al ayudarla a quitarse los pantalones y luego volvió a subir por sus muslos hasta hacerla temblar. Le deslizó una mano por la entrepierna y sintió el calor de su deseo.

–¿Tienes idea de cuánto me excitas, Daisy? –preguntó bajándole las bragas.

–Si es como lo que despiertas en mí, creo que sí.

Apartó las sábanas, la tomó en brazos y la hizo tumbarse sobre las almohadas. Estaba muy guapa con el pelo desparramado por las almohadas.

–Eres increíble, Daisy –dijo, y se quitó la ropa en cuestión de segundos.

Se paró un momento para ponerse un preservativo y enseguida se encontró donde quería: dentro de ella, empujando y contemplando cómo sus pupilas se dilataban y el rostro se le adormilaba de puro placer.

Luego, Daisy se tensó alrededor de él, provocándole un orgasmo. La abrazó con fuerza, disfrutando de sus sacudidas. Le resultaba difícil soltarla, pero tenía que ir al baño a quitarse el preservativo.

–¿Dónde está el baño?

–La siguiente puerta.

Cuando volvió, ella se acurrucó bajo la sábanas. ¿Era su manera de decirle que se fuera?

Justo entonces, echó hacia atrás las sábanas por un lado y dio unas palmaditas en el colchón.

–Vuelve a la cama.

¿Cómo poder resistirse?

Se metió en la cama y la tomó entre sus brazos. Le gustaba estar con ella. No sentía la obligación de conversar. Tumbado, escuchando los sonidos de la noche con ella en sus brazos, era todo lo que deseaba en aquel momento.

Aunque no tenía intención de pasar la noche con ella. Desde Tabitha, había evitado esa clase de situaciones. Además, aquella se suponía que era una aventura alocada.

Y por muy tentadora que le resultara Daisy, no estaba dispuesto a romper sus reglas.

Durante las siguientes semanas, establecieron una rutina. Felix volvía a Londres los martes por la noche y a Suffolk el sábado por la mañana, en donde pasaba los días en el parque de atracciones y las noches con Daisy.

Daisy disfrutaba de la compañía de Felix. Le gustaba trabajar con él y pensar maneras de cómo promocionar el parque de atracciones. Durante los fines de semana la ayudaba con las reparaciones. Le sorprendía que estuviera tan dispuesto a abandonar su entorno habitual y más aún que lo estuviera haciendo por ella.

El martes por la noche, tumbados en la cama después de hacer el amor, Felix la atrajo hacia él.

–¿Qué vas a hacer el sábado?

–Trabajar –contestó–. ¿Por qué?

–Pensaba que podrías tomarte el día libre.

–¿Me estás agobiando?

Felix rio y la besó.

–Pensaba que podíamos hacer algo juntos. Tal vez te pudieras tomar el fin de semana y venir conmigo a Londres –dijo, y de repente se detuvo–. Puedes traer a Titan.

Se daba cuenta de lo importante que era el gato para ella y eso le agradaba, al igual que el hecho de que la estuviera invitando a quedarse con él en su casa.

–Podría ir en tren a Londres el sábado por la mañana, pedir a la vecina que le diera de comer a Titan y volver el domingo por la mañana.

–Compra el billete de ida y luego yo te traeré a casa.

–No tienes por qué hacerlo.

–Tengo que volver de todas formas, así que podemos viajar juntos.

Vaya, estaba siendo práctico más que sentimental. Él era así. Le había pedido que fuera a Londres con él, pero eso no significaba que fuera a declararle que sintiera algo por ella. Era lo suficientemente lista como para no confesarle sus sentimientos. Así que no suponía ningún cambio en su relación.

–De acuerdo.

–Coméntalo con Bill –dijo, y la besó una vez más–. Será mejor que vuelva Londres. Te llamaré más tarde.

Bill se alegró de que quisiera tomarse un par de días libres. La emoción de pasar el fin de semana con Félix evitó que lo echara de menos los siguientes días.

Por fin llegó el sábado. Hacía mucho tiempo que no visitaba Londres y se alegró al ver los arcos de la estación de Liverpool Street. Nada más pasar el torno de los billetes, Felix estaba allí esperándola. Dos segundos más tarde, se lanzó a sus brazos. Él la levantó del suelo y la besó después de dar varias vueltas.

–Espero que no esté prohibido besarse en esta estación.

–Da igual. Nada va a impedir que salude a mi chica con un beso.

Mi chica. ¿Era así como la consideraba Felix? ¿Era su forma de decirle que las cosas habían cambiado entre ellos, que también para él era algo más que una aventura? Por un lado quería preguntar, pero por otro, temía oír la respuesta por miedo a que no fuera la que esperaba. O peor aún, por miedo a que las cosas entre ellos cambiaran al igual que había ocurrido con sus tres últimos novios. Habían intentado convertirla en la esposa ideal.

–Había pensado recogerte en coche, pero el tráfico es horrible, así que vamos a tomar el metro –dijo él recogiendo la bolsa de viaje–. Traes poco equipaje.

–Es lo bueno de no ser cursi. No necesito traer medio armario.

–Te he echado de menos –dijo él riendo.

Ella también lo había echado de menos, más de lo que había imaginado. Cada semana que pasaba, lo extrañaba más cuando se iba. Las llamadas de teléfono no eran suficiente.

–Tienes un piso enorme –dijo Daisy en mitad del salón del ático de Felix–. Solo esta habitación es más grande que mi planta baja –añadió acercándose a la ventana–. Y la vista es increíble. No sabía que fueras tan rico.

Por un instante, Felix pensó en Tabitha.

Luego, apartó aquella paranoia de su cabeza. Daisy no era como su ex. El dinero no le interesaba, o si no, se hubiera dedicado a otra cosa y no a trabajar todo el día en un museo con un sueldo de media jornada.

–He tenido suerte con mis inversiones –dijo encogiéndose de hombros–. ¿Quieres beber algo?

–Estoy bien, gracias. ¿Qué tienes pensado para esta noche?

–Pensaba que podíamos salir a cenar y a ver algún espectáculo.

Ella se mordió el labio.

–Felix, eso sería estupendo, pero deberías habérmelo dicho antes. No he traído ropa formal.

–No hay problema. Ya me he ocupado de eso.

–¿Qué quieres decir? –preguntó ella frunciendo el ceño.

La tomó de la mano y la llevó a la habitación de

invitados. Colgado de una percha había un vestido que le había comprado el día anterior.

—¿Qué es esto?

—Un vestido para esta noche.

—¿Me has comprado un vestido?

—Y unos zapatos, sí.

Aquella conversación no parecía estar yendo bien. ¿Por qué de repente Daisy parecía enfadada?

—Creo que me he equivocado —dijo Daisy en tono frío—. Siento las molestias, Felix. Me voy a casa —añadió dándose la vuelta y saliendo de la habitación.

Felix la alcanzó en el salón.

—Daisy, ¿qué pasa?

—Me has comprado un vestido —dijo entre dientes.

—¿Y qué problema hay?

—El problema es que no me preguntaste.

—¿No te gusta el vestido? —preguntó sorprendido.

Había elegido un vestido clásico de seda negra. Era sencillo y femenino, y estaba seguro de que le gustaría y le sentaría bien.

—De acuerdo, iremos a cambiarlo.

—No es eso.

—¿Entonces?

—Pensé que eras diferente —dijo ella alzando la barbilla y con lágrimas en los ojos.

—Daisy, no entiendo nada.

—No importa. Me voy a casa.

—No estando tan enfadada —dijo rodeándola

con los brazos–. Cuéntamelo, Daisy, no sé leer pensamientos. Dime qué hay de malo en ese vestido.

Estaba temblando, y por un momento Felix pensó que estaba llorando.

–Estás intentando hacerme cambiar, lo mismo que hicieron ellos.

¿Quién había intentado hacerla cambiar? Su intuición le decía que aquella era la razón por la que estaba tan molesta.

–Daisy, no intento hacerte cambiar. Me gusta cómo eres.

Ella tragó saliva.

–Pero quieres que me ponga un vestido, algo que no va conmigo.

–Lo cierto es que estabas muy guapa la última vez que te vi con uno –señaló–. Quería que pasaras una noche especial. Sé que te gustan los musicales. No te había contado que había comprado entradas porque quería que fuera una sorpresa. Pensé que te gustaría arreglarte por una noche y sé que no sueles ponerte vestidos, así que te compré uno. Es evidente que me he equivocado. Lo siento. Me desharé del vestido y llamaré a mi secretaria para que aproveche las entradas. Dime qué te apetece que hagamos esta noche.

Esperaba que se sintiera aliviada. Pero vio que unas lágrimas empezaban a surcarle las mejillas.

–Daisy, lo siento. No quería hacerte daño.

–No, lo siento. Soy una egoísta –susurró.

–No lo eres. Tienes razón: debería habértelo preguntado antes.

Quizá no le gustaran las sorpresas; a él tampoco le entusiasmaban. Prefería controlar todo lo que pasaba.

–¿Quién trató de hacerte cambiar? –preguntó acariciándole el pelo.

–Mi anterior novio. Teníamos dieciocho años cuando empezamos a salir. Todo fue bien hasta que me pidió que me casara con él. En cuanto me puso el anillo en el dedo, empezó a quejarse por la forma en que me vestía, por mi peinado, por no llevar maquillaje… Tenía una idea de la esposa ideal y quería que encajara en ella.

Felix recordó la conversación que había tenido con ella acerca de su tipo de mujer. En aquel momento se había dado cuenta de que alguien la había menospreciado, pero no había sido consciente de hasta qué punto.

–Daisy, tienes un pelo precioso y no hay nada malo en tu forma de vestir. No necesitas maquillaje, eres muy guapa así. Tu ex era un estúpido por no darse cuenta de la suerte que tenía de tenerte. Espero que le hicieras tragarse el anillo de compromiso.

–No –dijo sonriendo entre lágrimas–, se lo devolví y le dije que no podía casarme con él. Pero desde entonces, con todos los que he salido, me ha pasado lo mismo. No era lo suficiente para ellos.

–Yo no pretendo cambiarte. Lo único que quería era darte una noche especial.

–Lo siento, he exagerado –dijo ella cerrando los ojos–. He sido una idiota.

–No –dijo, y se arriesgó a robarle un beso–. Ahora que me lo has contado, entiendo por qué te has enfadado. Dame un momento para deshacerme de las entradas.

–Me gustaría ir a ver ese espectáculo.

–Pero sin vestido.

Ella sintió.

–Lo siento. Es un vestido bonito y sé lo mucho que te has molestado en conseguirlo, pero no va conmigo.

–A pesar de tener hermanas, está claro que no entiendo a las mujeres.

–No eres tú, soy yo. Incluso mi familia se queja de que no sea como el resto de las mujeres.

–Eres única –dijo–, y no es una crítica, es parte de tu encanto. Escucha, relájate mientras preparo café y luego pensaremos dónde cenar. También te voy a dar dos opciones: puedes dormir en el cuarto de invitados o, si lo prefieres, en mi habitación. Y si quieres compartir la ducha antes de que salgamos esta noche, no protestaré.

–No merezco que seas tan amable después del número que te he montado. Además, no te he dado las gracias por las entradas.

–Créeme, no ha sido para tanto –dijo recordando las escenas de Tabitha–. ¿Qué te parece si cambiamos de planes. Olvídate del café. Voy a demostrarte que me gustas tal y como eres.

–¿Cómo?

–Voy a presentarte a Felix, el Bárbaro.

–¿El Bár…

Antes de que pudiera terminar la palabra, Felix la tomó en brazos y la llevó a su habitación.

–Antes de nada voy a quitarte la ropa y luego voy a recorrer cada centímetro de tu cuerpo con mis manos y mi boca para que veas lo mucho que me excitas. Voy a hacer que te corras por lo menos dos veces.

Los ojos de Daisy se tornaron del color del jade.

–¿Es una promesa?

–Sí. Y hay algo que deberías saber: siempre cumplo mis promesas.

Así fue, hasta el punto de que se quedaron sin tiempo para cenar antes del espectáculo, que resultó ser *West Side Story*, uno de sus musicales favoritos.

Había sido muy comprensivo con el vestido, con cómo odiaba que la gente intentara cambiarla y hacerle sentir que no estaba a la altura. Felix la veía tal cual era.

Tal vez fuera suficiente para él. Entonces se dio cuenta de que su alocada aventura no era tal. Al menos, no para ella.

Se había enamorado de un adicto al trabajo con una sonrisa arrebatadora y un corazón de oro, aunque Felix nunca admitiría esto último. Decidió que mantendría para sí aquel descubrimiento hasta que lo asimilara.

Amaba a Felix.

Aunque él se negaba a hablar de ello, sabía que

alguien en el pasado le había hecho daño hasta el punto de haber renunciado al amor y al matrimonio.

Después del musical encontraron un pequeño restaurante y Daisy pagó la cuenta. Para asegurarse de que no se lo impidiera, se levantó de la mesa con la excusa de ir al baño y aprovechó para pagar.

–Tú compraste las entradas –dijo cuando Felix protestó.

–Daisy, se supone que era yo el que te había invitado a salir esta noche –dijo desesperado cuando se enteró de lo que había hecho.

–Por supuesto, y ha sido una noche fantástica. Los mejores asientos de mi musical favorito. Gracias.

Felix llamó a un taxi para volver a casa y le pidió al conductor que les diera un paseo por los edificios más bonitos de Londres. Finalmente caminaron junto al Támesis hasta su casa, abrazados, contemplando los reflejos de las luces en el agua.

–Ha sido una noche increíble –dijo Daisy.

–Todavía no ha terminado. Vámonos a casa.

De vuelta en su casa, hicieron el amor lentamente. Luego, la abrazó por la espalda y poco a poco se fueron quedando dormidos. Allí, entre sus brazos, Daisy sintió que aquel era su sitio. Quizá tuvieran un futuro juntos.

Capítulo Ocho

Quedarse en casa de Felix supuso un cambio en su relación, porque cuando Daisy le sugirió que se quedara en su casa en vez de en un hotel cuando estuviera en Suffolk, él accedió.

Le encantaba cocinar, Daisy nunca habría adivinado que aquel exitoso empresario tuviera un lado casero, y le resultaba enternecedor. También le gustaba el hecho de que no insistiera en los papeles tradicionales, como había hecho su ex.

La vida era perfecta hasta que el miércoles por la mañana se presentó Nancy en el taller.

En circunstancias normales, a Daisy le habría encantado pasar un rato de charla con su tía, pero la expresión de su cara le preocupó.

–Nancy, ¿pasa algo? –preguntó frunciendo el ceño.

–Tenemos que hablar, cariño.

–Ven y siéntate –dijo Daisy ofreciéndole una silla–. ¿Quieres un café, un poco de agua?

–Nada, gracias –dijo Nancy–. Se trata de Bill.

Daisy se quedó helada.

–¿Qué le pasa?

–Le obligué a ir al médico el viernes y le mandó unas pruebas. Tenemos cita en el hospital la próxima semana.

–¿Qué clase de pruebas? –preguntó Daisy.

–El corazón –dijo Nancy, y se mordió el labio–. El médico dice que tiene que reducir el trabajo.

–¿Reducir o dejarlo?

–Depende de lo que encuentren, pero ya conoces a Bill. Este sitio es su vida.

–Trataré de evitarle tensión. Me tomaré con calma las reparaciones y me dedicaré más al papeleo.

–Sé que harás muy bien, cariño, pero ya sabes cómo es Bill. No dejará de preocuparse.

–Entonces tiene que venir al parque a divertirse, no a trabajar, y dejar que las decisiones las tome yo –dijo esbozando una sonrisa–. Todos sabemos que voy a ocupar su lugar, lo único que será un poco antes de lo que pensábamos. No te preocupes. Hablaré con él.

Una semana más tarde, se enteraron de que Bill tenía que retirarse por el bien de su salud.

–No puedo dejarte esta carga –dijo Bill–. Es demasiado.

–Claro que no –dijo Daisy–. He aprendido del mejor y sabes que cumpliré tus expectativas, al igual que tú cumpliste las del abuelo.

–No sé, Daisy. Todavía eres muy joven.

–No mucho más que tú cuando te hiciste cargo.

–Es pedirte demasiado.

–Esperaba no tener que jugar sucio, pero no me dejas otra opción.

–¿Qué quieres decir? –preguntó Bill entornando los ojos.

–Nancy y yo, al igual que el resto de la familia,

te queremos mucho. Queremos tenerte entre nosotros muchos años más –dijo, y los ojos se le llena-
ron de lágrimas–. Si sigues trabajando, será una
cuestión de meses. No queremos perderte. Nada
merece más la pena, ni siquiera el parque de atracciones.

–Eso ha sido un golpe bajo, Daisy.

–No, es la verdad. Lo que es demasiado es dejar
que el trabajo te mate en lugar de ocuparme yo.
Deja que me haga cargo, Bill. Si me encuentro con
algún problema, te avisaré.

–Daisy… –dijo con los ojos llenos de lágrimas.

–Lo siento mucho –dijo, y le abrazó–. Sabes que
te quiero y no pretendo herirte. Pero si esta es la
única forma de hacerte entrar en razón, la aprove-
charé. Seguirás siendo el administrador y te pediré
tu opinión. Pero quiero ser yo la que se ocupe de
todo esto para que tú te cuides.

–Ned y Diana no saben la suerte que tienen de
tenerte. Eres única. Eres la hija que a Nancy y a mí
nos habría gustado tener.

–Os considero mis segundos padres y lo sabes.
¿Vas a ser razonable?

–Creo que no tengo otra opción –dijo, y le dio
una palmada en el hombro–. De acuerdo, con la
condición de que me avises si surge algún problema.

–Por supuesto que lo haré –dijo sonriendo.

Pero sabía que no le contaría el mayor problema. Si iba a ocuparse de llevar el parque de atracciones, eso suponía que tendría que buscar un mecánico que la sustituyera. Era imposible ocuparse

de ambas cosas a la vez, por muchas horas que dedicara.

Necesitaba hablar con Felix.

Había revisado todas las cifras y se las sabía de memoria. En aquel momento, no podían pagar a nadie más. Al igual que Daisy, Bill no ganaba un sueldo completo, a pesar de dedicar muchas horas. ¿Qué probabilidad había de encontrar a un voluntario que trabajara a tiempo completo por nada?

Felix le había pedido a un amigo arquitecto que diseñara un pabellón multiusos y no quería pedirle más. Habían convenido en mantener sus vidas laboral y personal separadas. Lo único que podía pedirle era su consejo y que le ayudara a encontrar la manera de que alguien más invirtiera en el parque de atracciones.

Era un asunto del que tenían que hablar cara a cara y no por teléfono. Lo haría el sábado. Robaría un poco de su tiempo personal para los negocios. Estaba segura de que Felix lo entendería.

El sábado por la mañana, Felix estaba comprando en el supermercado cuando un carro chocó contra el suyo.

—¡Hola, Felix!

Aquella mujer morena y menuda estaba encantada de verlo, al contrario que él.

Desde que la dejara, la única vía de comunicación había sido por medio del abogado. Aquella era la primera vez que la veía en tres años y se sorprendió de que todavía estuviera la herida abierta. Ya no la amaba ni la quería en su vida, pero al verla recordó por qué se había ido.

–Tabitha –dijo con frialdad y forzó una sonrisa.

–Me alegro de verte, Felix. Tienes muy buen aspecto –dijo devolviéndole la sonrisa.

Era la clase de sonrisa que ponía cada vez que le pedía algo.

Su mirada voló automáticamente a su mano izquierda. Llevaba un enorme diamante, mayor que el que él le había regalado. Quizá su nuevo novio tuviera dinero suficiente para hacerla feliz y no le importara que no lo amase.

–Tú también tienes buen aspecto.

–¿Qué estás haciendo aquí?

–Comprar. ¿Y tú?

A punto estuvo de contestar que estaba comprando antojos para su novia, pero no quería que pareciera que se ponía a la defensiva.

–Estoy comprando algunas cosas para una velada entre chicas.

Aquello le hizo recordar la conversación que había escuchado en su terraza y lo que había sentido al escucharla.

Por el color de sus mejillas, ella también lo había recordado.

–Será mejor que deje que sigas. Podríamos quedar a comer en alguna ocasión y ponernos al día –dijo ella.

No podía creer lo que estaba oyendo. Aquella

era la mujer que había intentado dejarle sin blanca. ¿De veras creía que iba a querer algo con ella?

—Será mejor que me vaya —dijo él en tono frío.

Se fue directamente a la caja, a pesar de que no había terminado. La idea de encontrarse con Tabitha por los pasillos no le agradaba.

Seguía inquieto cuando se encontró a Daisy en la estación. Ella también estaba callada. Estaba enfadado consigo mismo por estropear el fin de semana, pero no podía evitar que el resentimiento le ardiera la sangre.

Aun así, de vuelta en su apartamento, hizo un esfuerzo.

—¿Estás bien? Te veo muy callada.

—Felix, odio tener que pedírtelo.

Otra voz sonó en su cabeza: «Felix, odio tener que pedírtelo, pero ando algo corta este mes». Tabitha gastaba todo su sueldo en ropa que decía necesitar para acompañarlo a diferentes eventos. No entendía por qué no podía llevar el mismo traje más de una vez.

—¿Cómo?

—No importa —dijo Daisy sacudiendo la cabeza.

Luego se quedó en silencio.

Tabitha también hacía eso cuando lo pillaba de improviso al interrumpirlo mientras revisaba algunos números. Y siempre había tenido un coste para él: una disculpa con flores, cenas o joyas.

—¿Por qué no nos ahorras tiempo y lo sueltas?

Lo miró sorprendida.

—Felix, ¿pasa algo?

–Nada.

–No sueles gruñir de esa manera.

–No estoy gruñendo.

–¿Que no? Mira Felix, si no vas a contarme cuál es el problema y vas a estar de mal humor todo el fin de semana, será mejor que me vaya.

«Cuéntaselo, dile lo de Tabitha. Cuéntale que la viste hoy y que eso es lo que te está comiendo».

Pero no pudo. No podía contarle que llevaba tres años tratando de superar el miedo a que las mujeres lo vieran por lo que podían conseguir de él. Una parte de él se preguntaba si a Daisy le interesaba por cómo era o por lo que podía ofrecerle a su negocio. Aunque sabía que estaba siendo injusto con ella, no podía apartar aquel miedo de su corazón.

Y se odiaba por eso.

–Siento ser un cascarrabias –dijo cerrando los ojos.

–Está bien, si quieres que me quede… Pero me preocupas, Felix. Trabajas demasiado.

Otro de los comentarios favoritos de Tabitha, normalmente seguido de la queja de que la estaba desatendiendo.

Por el amor de Dios, tenía que parar aquello. En todo caso, Daisy era más adicta al trabajo que él. Rara vez se tomaba un día libre, y aquel era uno de esos días.

–Estoy bien –dijo él.

La expresión de Daisy decía que no había creído una palabra, pero por suerte no insistió.

Daisy siguió callada el resto de la tarde. Felix pensó que era culpa suya.

—Lo siento, no tengo un buen día —dijo él.

—Está bien. Yo tampoco soy una buena compañía. No he dormido bien.

Aquello lo sorprendió. Fijándose mejor, se adivinaban sombras bajo sus ojos.

—¿Qué pasa?

—Tal y como van las cosas, vamos a necesitar más inversión en el parque de atracciones. Y no solo para el pabellón que estamos construyendo.

Felix viajó atrás en el tiempo hasta el momento en el que había entrado en su piso y había oído a Tabitha hablando con sus amigas en la terraza.

«No estoy enamorada de Felix, pero me encanta el tipo de vida que me proporciona».

«Es muy guapo, Tab».

«Sí, no lo niego, ¡pero es tan aburrido!».

Tabitha había aceptado todo lo que le había dado y todavía pedía más. Parecía que Daisy pretendía hacer lo mismo. Ya había accedido a firmar un acuerdo de patrocinio con el parque de atracciones, pero era evidente que no era suficiente para ella.

Después de las promesas que se había hecho, parecía que había vuelto a cometer el mismo error. Había creído que Daisy era diferente, que compartían algo especial. Se había enamorado de ella y había empezado a creer que ella también sentía algo por él. Pero durante todo el tiempo lo había visto como la persona que podía salvar su negocio en quiebra.

¿Cómo había sido tan estúpido? Había tropezado dos veces con la misma piedra.

–Así que esperas que el banco de Felix Gisbourne salve el parque de atracciones, ¿eh?

Ella se quedó mirándolo en estado de shock.

–Olvida lo que he dicho. ¿Y sabes una cosa? Creo que ha llegado el momento de poner fin a esto. A todo –dijo levantando la barbilla–. Menos mal que no hemos empezado la construcción del pabellón. No te estaba pidiendo dinero, Felix –añadió disgustada–. Puedes quedarte tu dinero. Prepárame una factura por el tiempo que has dedicado al parque. No quiero volver a verte nunca.

–Bien porque yo tampoco quiero volver a verte. Nunca más volvería a confiar en una mujer.

Ella se fue dando un portazo y Felix se contuvo para no arrojar al aire todo lo que tenía delante.

Alterada, Daisy tomó el primer tren de vuelta a Suffolk.

Su vida parecía estar cayendo en un abismo. El hombre al que amaba la acababa de acusar de querer aprovecharse de él para salvar su negocio. Lo único que había intentado hacer había sido contarle lo de Bill y los problemas a los que se enfrentaban.

Además, le había dicho que no quería volver a verla. Se había equivocado al pensar que se estaba enamorando de ella. Era un hombre frío, sin sentimientos. ¿Cómo había sido tan estúpida?

***

Todo iba mal en el parque de atracciones. El agente inmobiliario con el que se había reunido el día anterior para estudiar la posibilidad de vender su casa le había advertido de que iba a tener que bajar el precio si quería hacer una venta rápida. Teniendo en cuenta que tenía que devolver el préstamo que había pedido para las lunas y que iba a tener que quedarse con parte del dinero de la venta para alquilar un apartamento, apenas le iba a quedar para tapar algunos agujeros del parque de atracciones.

Y con Bill retirado, iba a tener que hacer trabajo administrativo en vez del que tanto le gustaba.

En cuanto llegó a casa se puso unos vaqueros y una vieja camiseta y se fue en bicicleta al parque de atracciones. Pero no pudo concentrarse en lo que hacía. Solo oía la voz de Felix en su cabeza: «Yo tampoco quiero volver a verte».

Se quedó trabajando hasta mucho después de que los demás se fueran, pero su humor no mejoró. No quería contarle sus problemas a Ben, y Alexis y Annie estarían pasando la noche del sábado con sus prometidos.

Pero ni siquiera acurrucada en el sofá con Titan viendo uno de sus musicales favoritos se animó. No podía dejar de pensar en Felix, recordando lo que había pasado entre ellos.

¿Cómo había ido tan mal? Todo se había esfumado en cuestión de segundos.

Ahora sabía que no se le daban bien las relaciones. Nunca, nunca más volvería a enamorarse.

Una semana más tarde, Felix tomó el último sobre del correo. Era el informe con los artículos que habían aparecido en la prensa durante el último mes referentes a los proyectos en los que estaba participando.

Empezó a hojearlo y en cuanto vio la foto de Daisy lo cerró y lo metió en un cajón sin leerlo.

No quería pensar en Daisy. Había empezado a pensar que estaba con él por su forma de ser y no por su cuenta bancaria, pero le había hecho perder esa confianza.

Pero no pudo dejar de pensar en el artículo. A media tarde cedió, sacó el informe del cajón y lo abrió por la página que lo había hecho cerrarlo.

El artículo estaba escrito por Annie Sylvester, la misma que había escrito el artículo de los actos vandálicos y la mejor amiga de Daisy. El título era: «El fin de una era».

Miró la fecha. Había sido publicado tres días antes. Lo leyó con atención y al llegar al final se quedó de piedra. Bill iba a retirarse por un problema de salud y los Bell iban a vender el parque de atracciones al final de la temporada.

No tenía sentido. Daisy amaba aquel parque más que a nada en el mundo. Había pedido un préstamo para pagar las lunas de la cafetería y era capaz de vender todas sus cosas para salvar el parque de atracciones.

¿Por qué lo vendían? ¿Por qué no le había pedido ayuda para lograr algún acuerdo con el banco para salvar el parque de atracciones?

Entonces cayó en la cuenta.

Se lo había pedido, o al menos lo había intentado: «Felix, odio tener que pedirte…».

Aquella frase había hecho que se pusiera inmediatamente a la defensiva.

«Puedes quedarte tu dinero. Prepárame una factura por el tiempo que has dedicado al parque».

Lo cierto era que no le había pedido que hiciera él la inversión. Era evidente que lo único que había pretendido había sido hablar del impacto que el retiro de Bill iba a tener en el negocio y la mejor manera de sobrellevarlo.

Pero había estado tan enfadado después de su encuentro con Tabitha que apenas veía lo que tenía delante. Había cometido el mayor error de su vida.

¿Cómo había podido ser tan estúpido? Aquella era la mujer que había insistido en pagar la cena porque él había comprado las entradas, una mujer orgullosa e independiente.

La había juzgado por el rasero de su exnovia y de la clase de mujeres con las que su bienintencionada madre trataba de emparejarlo.

Necesitaba verla y disculparse cara a cara. Sabía perfectamente dónde encontrarla.

***

El tráfico era horrible y pasaba de la hora de cierre cuando aparcó en el parque de atracciones. Supo que Daisy seguía allí por la luz de su despacho.

El acceso estaba cerrado, pero seguía teniendo la llave que Bill le había dado. En cuestión de segundos abrió y volvió a cerrar el portón.

Se quedó en la puerta unos segundos, observando cómo trabajaba. Las ojeras se le habían acentuado y había perdido peso. En aquel momento se la veía frágil. Sintió lástima por ella. Había acudido a él en busca de ayuda y él la había apartado y herido.

Llamó a la puerta.

—¿Qué estás haciendo aquí? —preguntó sorprendida.

—He venido a disculparme.

—No te molestes. Ya conoces el camino de salida.

—He venido a disculparme —repitió—. A explicarme y a escuchar.

Entró y se sentó en la silla frente a ella.

—No me interesa.

—Daisy, lo siento. Me equivoqué. No te escuché ni te di la oportunidad de contarme lo de Bill. Te acusé de algo que sé que no harías nunca. Sé que no tengo derecho a preguntar, pero... —respiró hondo—. ¿Me dejas que te explique?

Ella se quedó mirándolo y al final asintió.

Ya había conseguido lo más sencillo, conseguir que la escuchara. Ahora tenía que hablar, contarle cosas que no le había contado a nadie, ni siquiera a su familia.

–Tuve una relación con alguien y no terminó bien. Me la encontré la mañana que viniste a Londres y supongo que me alteró. Así que no estaba de humor para escuchar cuando intentaste contarme lo que estaba pasando en el parque.

–¿Esa es la explicación? –dijo Daisy y se cruzó de brazos–. ¿Te encuentras con alguien que te saca de tus casillas y lo pagas conmigo?

Odiaba tener que contárselo, pero no le quedaba otro remedio.

–No es del todo así. Un día llegué pronto a casa con la intención de sorprenderla. Estaba en la terraza, hablando con sus amigas. Ninguna me oyó llegar, así que siguieron charlando y fue entonces cuando descubrí lo que sentía por mí –apartó la mirada para no encontrarse con los ojos de Daisy–. Decía que no me amaba, pero que le gustaba el estilo de vida que llevaba conmigo. Que era guapo, pero aburrido.

–Eso es… No sé qué decir. No entiendo cómo alguien puede pensar así.

–Cuando empezaste a hablar el otro día, usaste algunas frases que asociaba con ella.

La sorpresa y la furia se acentuaron en el rostro de Daisy.

–¿Pensaste que era como ella? ¿Que estaba contigo solo por tu dinero?

–Te he dicho que te debía una disculpa.

–Lo que te hizo fue cruel e injusto, y siento que

te hiciera daño, pero ¿cómo pudiste pensar eso? —dijo sacudiendo la cabeza—. Sabes que el dinero no es importante para mí. ¡Ni siquiera tengo un buen sueldo!

—Cuando pienso con claridad, claro que lo sé —dijo él, y se humedeció los labios—. Te oía hablar, pero la tenía a ella en la cabeza, así que llegué a la conclusión equivocada. Lo que me pasó con Tabitha me hizo dudar de muchas cosas, incluida mi familia.

—Ahora entiendo por qué el matrimonio te parece una trampa.

—No estábamos casados. Íbamos a hacerlo, pero lo anulé y le dije a todo el mundo que me echaba atrás.

—Espera. Fue ella la que no actuó bien y ¿tú asumiste la culpa?

—Fui yo el que rompió.

—Tenías un buen motivo.

—Era eso o dejar que todo el mundo supiera que a la mujer con la que pensaba casarme solo le interesaba mi cuenta bancaria. No quería convertirme en la víctima. Me alegro de haber escuchado aquella conversación en aquel momento y no durante la luna de miel.

—Felix, eso es…

—Prefiero que no sientas lástima de mí.

—No te merecías que te tratara así. ¿Le contaste a alguien la verdad de lo que pasó?

—Prefiero que la gente piense que soy frío a que me vean como un objetivo fácil.

142

–No eres fácil, Felix.

–Eso es lo que dice mi familia. Tabitha me hizo dudar de ellos también. Me hizo ver mi infancia con otros ojos.

–¿A qué te refieres?

–¿Recuerdas cuando me preguntaste si había tenido una infancia solitaria? Tenías razón, así fue. Me mandaron a un internado mientras mis hermanas iban a un colegio cercano. Después de lo de Tabitha…

–Pensaste que tus padres te mandaron lejos porque no te querían.

–Así es.

Una vez me contaste que a tu familia le gustaba seguir las tradiciones. ¿Por casualidad tu padre fue al mismo internado?

–Sí, y mi abuelo también.

–Esa es la respuesta, Felix. Estaban haciendo lo que siempre habían hecho.

–Tal vez.

–Pregúntales –dijo Daisy y después de unos segundos de silencio, añadió–: ¿Sigues enamorado de ella?

–No. Estaba enamorado de una mujer que pensaba que también me quería. Ya lo he superado. No la quiero.

Estaba enamorado de Daisy, pero la había hecho tanto daño que no sabía si podría hacer que lo amase. Aun así, había algo que podía hacer por ella: mejorar la contabilidad del parque de atracciones y hacer su vida más sencilla.

–¿Qué le pasa a Bill?

–Tiene problemas de corazón. Se retira por un tema de salud.

–¿Serás tú la directora? –preguntó Felix, y ella sintió–. No te quedará tiempo para las reparaciones ni para hacer lo que tanto te gusta. Por no mencionar que tendrás que pagar a alguien para que ocupe tu lugar. Y andas corta de dinero. Bueno, eso puedo arreglarlo yo.

–No quiero tu dinero, Felix. No todo el mundo valora a una persona por lo que puede obtener de ella. Por cierto, todavía no me has mandado la factura.

–No voy a enviarte una factura. No puedes permitirte pagarme.

–Sí puedo. Ya veré de dónde saco el dinero. No acepto tu caridad.

–Así que tu solución es poner el parque en venta, cuando es el amor de tu vida.

–No ha funcionado. Supongo que es la historia de mi vida amorosa. Es hora de continuar.

–Quiero y puedo ayudarte.

Se quedó en silencio y Felix empezó a tener esperanzas.

–Estrictamente negocios, nada más –dijo ella alzando la barbilla.

–Un acuerdo empresarial –dijo Felix–. Olvídate de patrocinadores. El parque está en venta.

–¿Te ofreces a comprarlo?

–Sí, en parte. Así podrás contratar un gerente para que se ocupe del trabajo de oficina y quitarte parte de la carga para que hagas lo que te gusta en vez de sentirte encerrada en un despacho.

–¿Qué pasará cuando decidas vender?

–Eso no va a pasar.

–¿Cómo puedes estar tan seguro?

–Porque una vez alguien me dijo que ver el lado bueno de las cosas es más sano que ser cínico y creer que todo el mundo pretende sacar algo. A Tabitha solo le interesaba lo que podía obtener. Pero no todo el mundo es como ella. Tú desde luego que no. Siento haberte hecho daño, Daisy.

–Entiendo por qué actuaste como lo hiciste. Pero de ahora en adelante, la nuestra es una relación estrictamente de negocios.

No era lo que quería que dijese, pero era mejor que perderla.

–De acuerdo –dijo Felix–. Entonces, ¿qué te parece si quedamos mañana a las diez para empezar las negociaciones?

–Claro, ya sabes dónde encontrarme.

Durante los siguientes quince días, Felix trabajó con Daisy. Tal y como le había pedido, su relación fue estrictamente profesional, aunque cada vez que la veía deseaba acariciarla, abrazarla y decirle que todo iba a salir bien porque la apoyaba y nunca volvería a fallarle. Porque la amaba.

Sabía que tenía que darle tiempo para que volviera a confiar en él y así darle una segunda oportunidad.

Estrictamente de negocios. Había sido sugerencia de Daisy, pero no era lo que quería.

Las reuniones con Felix estaban resultando cada vez más difíciles. Se mostraba muy educado con ella y solo le hablaba de negocios, pero deseaba que su relación volviera a ser la de antes. Aunque lo que más deseaba era dormir entre sus brazos.

El día que Felix y Daisy firmaron el contrato por el que él se convertía en socio del parque de atracciones, estrecharon sus manos para sellar el acuerdo. Era la primera vez que la tocaba en semanas y deseó más. Aunque era un mero saludo de cortesía, Felix no pudo evitar sentir una oleada de deseo recorrerle el cuerpo.

La miró y vio que tenía la vista puesta en sus labios. Observó cómo se ponía colorada y reparó en su boca antes de volver a mirarla a los ojos.

Felix tuvo la sensación de que ambos estaban pensado lo mismo. Quizá deberían sellar el acuerdo con un beso.

Deseaba besarla, sentir sus brazos alrededor del cuello y estrechar su cuerpo contra el suyo. Deseaba quitarle la ropa y perderse en ella. Quizá había llegado el momento de arriesgarse.

Capítulo Nueve

Aquella noche, Daisy acababa de sentarse en la cocina a tomar una taza de té cuando sonó el timbre.

–¡Felix! –exclamó sorprendida al abrir la puerta.

Era la última persona con la que esperaba encontrarse.

–Hola, Daisy, ¿puedo pasar? Tenemos que hablar de algo importante.

Su expresión parecía sincera. Tenía ojeras, señal de que tampoco estaba durmiendo bien.

–De acuerdo.

–Tengo que sacar algo del coche.

Serían documentos. Claro, había ido por motivos de negocio.

–De acuerdo. Estaré en la cocina. ¿Quieres una taza de té?

–No, pero gracias por preguntar.

¿Cómo habían llegado a aquella distante cortesía? Era culpa suya. Al fin y al cabo, había sido ella la que había insistido en que su relación fuera estrictamente de negocios.

Felix apareció en la cocina, con una caja que dejó en la mesa.

–¿Qué es eso?

–Voy a darte una lección de biología.

Daisy pensó en su cuerpo desnudo y se sonrojó.

–Más bien de plantas, de botánica.

–No necesito una clase de botánica

–Sí, a los dos nos hace falta –dijo e hizo una pausa antes de continuar–. Voy a hablarte de margaritas. Ya sabes que tu nombre significa margarita. Hay muchas clases de margaritas y cada una representa una parte de ti –añadió y sacó una maceta–. Esta es la margarita inglesa *Bellis perennis*. Se abre por la mañana, sigue al sol y se cierra por la noche. Tú eres así, una flor salvaje brillante como el día.

Sus palabras la dejaron sin habla.

–Esta es una gerbera –dijo sacando otra maceta–, otra clase de margarita. Es vigorosa y enérgica, como tú en el trabajo. Fuerte –concluyó dándole la maceta.

Daisy no sabía qué pretendía con aquello. Era evidente que se había preparado bien y que era completamente sincero. Aunque trataba de parecer relajado, se adivinaba tensión en su cuerpo. La misma tensión que sentía ella.

–Esta es una *Dimorphoteca pluvialis*. Le gusta el sol y se cierra cuando va a llover. Como tú, que te apagas cuando te alejas del parque de atracciones.

Sintió un nudo en la garganta. Se estaba equivocando. Había empezado a creer que le estaba contando lo que sentía. ¿Le estaría diciendo…? Tenía que saberlo.

–¿Vas a quitarme el parque?

–Soy tu socio desde hoy, Daisy –le recordó–, para evitar que te lo quiten.

–Entonces, ¿por qué estás haciendo esto, Felix? ¿Por qué estás enseñándome todas estas flores?

–Porque quiero que sepas algo. Hay muchas clases de margaritas. Robustas, sensibles, salvajes y sexys. Y tú eres todas ellas.

–¿Sexy? ¿Cómo puede ser sexy una flor?

Felix sacó otro tiesto de la caja.

–*Argyrantheum* o la margarita de París. Sé que el rosa no es tu color Los pétalos son puntiagudos como una estrella y el centro es exuberante como tú. Increíblemente sexy. Si esta flor fuera una persona, se parecería a ti cuando te cubren de besos.

Daisy contuvo la respiración. Sabía perfectamente los minutos que habían pasado desde la última vez que la abrazara.

En aquel momento le estaba haciendo el amor otra vez con palabras y flores. Y no con cualquier flor, sino con margaritas. Le estaba diciendo lo que sentía por ella. Por fin le estaba abriendo su corazón.

–Quería traerte unas margaritas azules *Michaelmas*, pero al parecer florecen en septiembre. Esto es lo más parecido que he conseguido –dijo dándole una foto de aquellas flores–. Uno no diría que existen margaritas azules, son singulares. Como tú. Y por si acaso estás pensando lo que creo que estás pensando, lo digo en el buen sentido.

Daisy quería llorar. Quería pedirle que parara. Se le estaba ablandando el corazón.

Felix sacó otra maceta.

—Esta es una *Leucanthemum vulgare*. Son las que se usa para el «me quiere, no me quiere». ¿Quieres intentarlo?

—Tú no me quieres, Felix.

—¿Estás segura? —preguntó él arqueando una ceja—. Te animo a que lo intentes.

—¿Por qué estás haciendo esto? —preguntó ella rodeándose con los brazos.

—Porque creo que ambos sentimos lo mismo y a los dos nos da miedo admitirlo. Nos han hecho daño antes y ninguno quiere arriesgarse a que vuelva a pasarle. Pero si vamos a darnos una oportunidad, uno de los dos tiene que dar el paso, así que estoy siendo valiente. Te estoy contando lo que veo en ti.

Todas las clases de margaritas. ¿De veras pensaba que tenía tantas facetas?

—Adelante, inténtalo.

Daisy tomó una margarita del tiesto y empezó a arrancar uno a uno los pétalos.

—Me quiere, no me quiere…

Había veintiún pétalos.

—Fui yo el que te hizo a un lado. Es el error más grande que he cometido jamás y estoy dispuesto a pasar el resto de mi vida compensándotelo porque te amo. Quiero estar contigo y que todo el mundo sepa que eres mía y yo tuyo.

Dos segundos más tarde, Daisy estaba en sus brazos.

—Felix, nunca pensé que te oiría decir eso. Yo también te quiero. Estas últimas semanas…

–Lo sé. Te quiero, Daisy. Sé que los dos vamos a tener que hacer algunos ajustes. Tengo que trasladar mi empresa aquí desde Londres y vamos a tener que comprar una casa más grande, pero funcionará.

–Estoy segura.

El beso fue un mero roce al principio y poco a poco se volvió más apasionado. Cuando se separaron, ambos respiraban entrecortadamente.

–Hay una última margarita que tengo que enseñarte.

Sacó una margarita de juguete que estaba en un tiesto naranja y con unas gafas que decían: «Tal y como eres». La flor empezó a bailar.

–Felix, eso es…

–Me pareció apropiado porque no paras de cantar. Y la canción también es importante. Te quiero por cómo eres y no quiero que cambies. Confío en ti.

–Y yo también confío en ti –dijo ella.

–Hay otra cosa. Tú y yo ya hemos pasado por esto antes. Yo le pedí a alguien que se casara conmigo y tú aceptaste una proposición de matrimonio. A ambos nos fue mal. Pero yo no soy tu ex, al igual que tú no eres Tabitha. Sé que no me quieres por mi dinero y espero que sepas que te quiero por cómo eres. Mi mundo es mejor contigo –dijo, y tomó aire–, yo soy mejor persona cuando estoy contigo. Quizá debería haber planeado esto mejor. Debería haberte llevado a cenar y después a pasear por la playa para preguntártelo. Pero no quiero es-

151

perar más –añadió poniéndose de rodillas–. Daisy Bell, ¿me harías el honor de casarte conmigo? ¿Quieres ser el amor de mi vida?

–Por supuesto –contestó susurrando entre lágrimas.

Epílogo

Dos meses más tarde

Felix se bajó del coche y atravesó la caseta de entrada. Sus padres, la madre de Daisy con sus hermanos, Bill y Nancy estaban esperando junto a la puerta de la iglesia.

—Estás muy guapo, aunque se te nota nervioso —dijo su madre, saludándolo con un abrazo.

—¿Bromeas? —dijo sonriendo—. Es el día más importante de mi vida, el comienzo de mi futuro. Supongo que tengo que cumplir con la tradición y esperar a Daisy dentro.

—Pronto llegará, Felix —dijo Diana Bell, dándole unas palmadas en el hombro.

La familia de Daisy se había encariñado con él enseguida. Al igual que su familia con ella, una vez se hicieron a la idea de lo que hacía para ganarse la vida.

—Vamos, muchacho. Esperaremos dentro contigo —dijo Bill.

La pequeña iglesia estaba llena. Todo el pueblo parecía haber acudido para celebrar la boda. Daisy era muy querida y, desde que él se mudara a vivir allí, también lo era por extensión.

—Las damas de honor ya están aquí –anunció Ben.

La música empezó a sonar y Felix se giró para ver llegar a su novia al altar.

Llevaba un vestido impresionante, blanco, que le marcaba las curvas a la perfección. La falda estaba formada por capas de tul y organza y el corpiño lo formaban pequeñas margaritas blancas. El pelo le caía en ondas y un velo le cubría el rostro. Era la segunda vez que Felix la veía con un vestido y se había quedado sin respiración.

Rápidamente bajó la vista a los zapatos. Eran planos y estaban adornados con margaritas moradas. Fue entonces cuando supo con certeza que la que avanzaba hacia el altar era la mujer a la que amaba.

—Estás muy guapa y te quiero mucho –le susurró cuando llegó a su lado.

—Tú también. Y también te quiero, Felix.

Después de la sencilla y emotiva ceremonia, se dirigieron al coche de cuatro caballos blancos que los esperaba.

—Eres la novia más guapa que he visto jamás –dijo Felix una vez en el carruaje.

—Tú tampoco estás mal –replicó entrelazando los dedos con los suyos–. Este es el día más feliz de mi vida.

—Y el mío.

El conductor los llevó al parque de atracciones, que iba a permanecer cerrado todo el día. Habían decidido que la suya fuera la primera boda que se celebrara allí.

Después de la comida, Ned Bell hizo el tradicional discurso paterno, lleno de anécdotas.

–No me sorprende que se hayan hecho las fotos en la góndola. Lo que me sorprende es que Daisy no haya ido a la iglesia en la locomotora de vapor.

–Felix pidió al ayuntamiento que nos dejaran construir una vía hasta la iglesia, pero le dijeron que no –dijo Daisy entre risas.

Una vez acabada la recepción, después de cortar la tarta y de abrir el baile, Daisy lo tomó de la mano.

–Ven conmigo, hay algo que quiero enseñarte.

Fueron a la entrada del parque y retiró una sábana del cartel. Gisbourne y Bell. Sus apellidos juntos e iluminados.

–Daisy, no sé qué decir.

–Hoy he hecho una promesa delante de tu familia, de la mía y de todo el pueblo. En la riqueza y en la pobreza. Bill me ha dado su parte del parque de atracciones como regalo de boda, así que tu apellido tiene que estar junto al mío.

–¿De veras? –preguntó sacando un sobre del bolsillo interior de su chaqueta y entregándoselo.

–¿Qué es esto?

–Yo también te voy a dar mi parte, así que es todo tuyo.

–Felix, yo… –dijo, y lo besó–. Gracias, muchas gracias. Aunque no me casé contigo por el parque de atracciones, ¿lo sabes, verdad? Pero el nombre se va a quedar así porque somos un equipo y nada va a cambiar eso.

–Felix Gisbourne y Daisy Bell.

–Daisy y Felix Gisbourne –lo corrigió.

–Pensé que querrías mantener tu apellido de soltera.

–Y así era, pero luego lo pensé mejor y me di cuenta de que lo quería todo de ti, incluyendo tu apellido. Además, vamos a formar una familia.

–¿Me estás diciendo que estás embarazada?

–Todavía no, pero ya sabes que el reloj biológico corre. Tendremos que practicar un poco –dijo y sonrió–. Si alguien me hubiera dicho hace cinco meses que iba a estar hablando de tener bebés, me habría reído en su cara.

La expresión de sus ojos hizo que a Felix se le parara el corazón.

–Dejemos de hablar y vayámonos de luna de miel. Tengo que descubrir qué lleva la señora Daisy Gisbourne debajo de ese vestido. Y luego, tenemos que empezar a practicar porque tenemos tradiciones que cumplir.

Deseo

EL PRECIO DE LOS SECRETOS

YVONNE LINDSAY

Proteger a sus padres de acogida era lo más importante para Finn Gallagher. Por eso, cuando la bella Tamsyn Masters apareció en la puerta de su casa buscando a su madre, Finn hizo lo que tenía que hacer: mentirle. Tamsyn había hecho cosas peores y si una inofensiva seducción la mantenía donde él quería, ¿por qué no iba a hacerlo? Pero Finn guardaba otro secreto: estaba enamorándose de ella.

Tamsyn no era la persona que había creído y el tiempo se les iba de las manos. La elección estaba clara: Tamsyn o la verdad. No podía tener ambas cosas.

*Debía elegir entre ella
o la verdad*

¡YA EN TU PUNTO DE VENTA!

Acepte 2 de nuestras mejores novelas de amor GRATIS

¡Y reciba un regalo sorpresa!

Oferta especial de tiempo limitado

Rellene el cupón y envíelo a
Harlequin Reader Service®
3010 Walden Ave.
P.O. Box 1867
Buffalo, N.Y. 14240-1867

¡Sí! Por favor, envíenme 2 novelas de amor de Harlequin (1 Bianca® y 1 Deseo®) gratis, más el regalo sorpresa. Luego remítanme 4 novelas nuevas todos los meses, las cuales recibiré mucho antes de que aparezcan en librerías, y factúrenme al bajo precio de $3,24 cada una, más $0,25 por envío e impuesto de ventas, si corresponde*. Este es el precio total, y es un ahorro de casi el 20% sobre el precio de portada. ¡Una oferta excelente! Entiendo que el hecho de aceptar estos libros y el regalo no me obliga en forma alguna a la compra de libros adicionales. Y también que puedo devolver cualquier envío y cancelar en cualquier momento. Aún si decido no comprar ningún otro libro de Harlequin, los 2 libros gratis y el regalo sorpresa son míos para siempre.

416 LBN DU7N

Nombre y apellido	(Por favor, letra de molde)

Dirección	Apartamento No.

Ciudad	Estado	Zona postal

Esta oferta se limita a un pedido por hogar y no está disponible para los subscriptores actuales de Deseo® y Bianca®.
*Los términos y precios quedan sujetos a cambios sin aviso previo.
Impuestos de ventas aplican en N.Y.

SPN-03   ©2003 Harlequin Enterprises Limited

Bianca

¡Chantajeada por el multimillonario!

Damien Carver estaba decidido a denunciar a la mujer que había robado a su empresa, y nada de lo que dijera la hermana de la culpable, Violet Drew, le iba a hacer cambiar de opinión. Pero la determinación de Violet, por no mencionar las tentadoras curvas que ocultaba bajo el ancho abrigo, le intrigaba lo suficiente como para dejar que se ganara la libertad de su hermana.

Damien necesitaba una pareja temporal y, una vez que Violet se vistiera con ropa de moda, serviría perfectamente para sus propósitos. Pero el frío ejecutivo no estaba preparado para que la dulce naturaleza de Violet cambiara las tornas de aquel chantaje de naturaleza sensual.

Un engaño conveniente

Cathy Williams

CAUTIVA POR VENGANZA

MAUREEN CHILD

Rico King había esperado cinco años a vengarse, pero por fin tenía a Teresa Coretti donde la quería. Para salvar a la familia, tendría que pasar un mes con él en su isla… y en su cama. Así saciaría el hambre que sentía desde que ella se fue.

Pero Rico no sabía lo que le había costado a Teresa dejarlo, ni la exquisita tortura que representaba volver a estar con él. Porque pronto, su lealtad dividida podía hacerle perder al amor de su vida.

*Se casó con él, lo utilizó
y luego lo abandonó*

[7]

¡YA EN TU PUNTO DE VENTA!